江湖

野猪横行的日子

马国兴　吕双喜　主编

郑州大学出版社
郑州

图书在版编目(CIP)数据

江湖:野猪横行的日子/马国兴,吕双喜主编.—郑州:
郑州大学出版社,2019.2
　(小小说美文馆)
　ISBN 978-7-5645-5979-3

　Ⅰ.①江…　Ⅱ.①马…②吕…　Ⅲ.①小小说-小说集-中国-当代
Ⅳ.①I247.82

中国版本图书馆 CIP 数据核字(2019)第 006575 号

郑州大学出版社出版发行
郑州市大学路40号　　　　　　　邮政编码:450052
出版人:张功员　　　　　　　　　发行部电话:0371-66658405
全国新华书店经销
河南龙华印务有限公司印制
开本:710 mm×1 010 mm　1/16
印张:10
字数:147 千字
版次:2019 年 2 月第 1 版　　　　印次:2019 年 2 月第 1 次印刷

书号:ISBN 978-7-5645-5979-3　　　定价:29.80 元

编委名单

总策划　任晓燕

主　编　马国兴　吕双喜

副主编　王彦艳　郜　毅

编　委　马　骁　牛桂玲　胡红影　李锦霞

　　　　　　段　明　孙文然　丁爱红　郑　静

　　　　　　付　强　连俊超　郭　恒

序

任晓燕

　　"小小说美文馆"丛书这项出版工程，推举小小说作家，推出小小说作品，推广小小说文体，为进一步推动全民阅读工作常态化、规范化，提升国民素质和社会文明程度，共同建设书香社会，做出了应有的贡献。

　　纵观我国现代文学史，每一种文体的兴盛都有其复杂的社会文化背景。其中，传媒载体是一个不容忽视的重要条件。如大型文学期刊之于中、短篇小说，报纸文化副刊之于散文、随笔。现代社会，传媒往往引导着阅读的时尚。

　　当代中国的小小说，也是如此。

　　仅仅在三十多年前，小小说对于读者来说，还是一个较为陌生的概念。在称谓上也五花八门，诸如微型小说、一分钟小说、超短篇小说、袖珍小说、千字小说、快餐小说、迷你小说等。当时，全国没有一家小小说专业报刊，小小说作品往往作为报刊的补白或点缀，难登大雅之堂。与之相对应，也没有专门从事小小说创作的作家，大都属于散兵游勇式的业余创作。而全国性的文学评奖，更是从来就没有小小说的一席之地。

　　在这种情况下，1982年10月，郑州小小说文化传媒有限公司的前身百花园杂志社，敢为天下先，在旗下的文学期刊《百花园》推出"小小说专号"，引起文学界的关注，受到读者的欢迎。此后，1985年1月，《小小说选刊》正式创刊；1990年1月，《百花园》改版为专发小小说的期刊。此外，百花园杂志社还多次举办小小说笔会、评奖等文学活动，先后创办小小说学会、函授学校等民间机构，不断推进小小说作家专集、作品选本等出版项目。

　　通过业界同仁多年不懈的努力，小小说已从点点泛绿到蔚然成林，以独立的姿态屹立于中国当代文坛，跻身"小说四大家族"，并进入鲁迅文学奖评选序列，在全国各地拥有逾千人的较为稳定的创作队伍，成为广大读者喜闻乐见的文体。

　　小小说是新兴的文体，又有着古老的渊源，在一定程度上，它与文学的起源密不可分：上古神话传说如《夸父逐日》《嫦娥奔月》《女娲补天》等，就具有小小说精炼、精美的叙事特征；春秋战国的诸子著述，不乏微型珍品；南朝刘义庆的《世说新语》，堪称我国最早出现的小小说集；宋代人编撰的《太平广记》，可谓自汉代至宋初野史小小说的集大成著作；清代蒲松龄的《聊斋志异》，创立古典小小说的高峰；现代鲁迅的《一件小事》等，开启白话小小说兴盛的序幕。

　　近几十年来，小小说之所以大行其道，是与现代生活节奏合拍分不开的。从这个角度来说，小小说是一种最具有读者意识的文体。同时，小小说受到世人的普遍关注，根本原因在于展示出了宝贵的文学艺术价值。当代中国的小小说，继承了从古代神话到诸子寓言、从史传文学到笔记小说的叙事艺术传统，并与各种艺术形式的美学精神相通相融。比如对意象之美和境界之美的追求，就代表着中国文艺美学的主要传统，它是至高的，也是永恒的，也正是小小说艺术的自我要求。

　　文学创作的成功与否，不能以篇幅长短而论，最终还是看思想艺术上的成就。诸多优秀小小说作品，言近旨远，微言大义，给读者留下了难以磨灭的印象，其艺术含量和思想容量丝毫不逊于中、短篇小说。所以，小小说最能够、也最便于在读者心灵上打下烙印，原因就在于它的精炼和集中，常常呈现给读者引人入胜或发人深思的典型事件，性格鲜明的典型人物。小小说还是"留白的艺术"，把最大的想象空间留给读者，去回味、创造和补充。小小说对语言的要求很高，诗歌创作中的炼字炼意，对于小小说同样适用。

　　当代中国的小小说已形成气候，成为一种广阔的文学景观。今日，小小说已步入创作成熟期，以特有的艺术魅力丰富着我们的精神生活，也必将在文学史上留下自己的位置。在此，作为一位"小小说人"，我期望小小说作家像苍穹中的繁星那样，闪烁出五彩缤纷的个性之光。

　　（任晓燕，郑州小小说文化传媒有限公司董事长，《百花园》《小小说选刊》总编辑。）

目 录

1

海半仙在武林

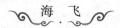
海·飞

那天黄昏，海角寺的暮鼓沉沉地灌进海半仙的耳朵，他把《多情剑客无情剑》合拢，把碗里最后一口"同山高粱烧"喝光，说："翠屏，我想去远一点儿的地方走走，可能要七七四十九天。"

海半仙舀了一葫芦同山烧，酒葫芦是外公的外公传下来的。同山镇有种夸张的说法，清水装进这酒葫芦，隔夜也能出好酒。

翠屏把包袱挂在他的手臂上，说："一日不多，一日不少，要刚刚好。"

海半仙站在一个桃花泛滥的村子前。人们在锯桃树，花瓣如雨，纷纷落下。海半仙问为什么，一个扎着麻花辫的妇人愤怒地答："三年了，这些妖精们光开花不结果，没用。"

海半仙抱住一棵最妖娆的桃树说："手下留情，它会有结果的。"

人们停下锯子看他。海半仙说："摘下东南枝初放的桃花苞。"又说，"要三坛最好的白酒。"

海半仙把自己关进一间屋子，人们从外面听到敲木鱼般的捣鼓声。第二天，海半仙带着一身酒香和桃花香走出屋，说："四十六天后我回来，它会有结果。"

海半仙看见一个农民在太阳下晒稻谷。海半仙说："你将有十二缸上等的酒。"

农民凑近海半仙的耳朵："我老婆说我要是敢做酒，她就敢把我做酒引子。"

海半仙去农民家吃晚饭。农民刚拿起酒碗，他老婆就夺过说："一个端起酒碗啥活儿也干不了的家伙，喝什么酒！"

农民老婆喝了口酒说："我当姑娘时，他替我家盖瓦房，跟我爹喝了顿酒，我爹就把我的终身给许了他。他带儿子看戏，半路跟人喝酒，差点儿把儿子给喝丢了……"

这天晚上，一个女人跟两个男人热热闹闹地猜拳喝酒，哥儿俩儿好啊，五魁首啊，六六顺啊，七个雀儿啊……十五天后海半仙离开村子，酒葫芦里装满了他帮农民酿的米酒。

海半仙又走了很多地方。

海半仙透过雾一样的雨帘，看到一个穿旗袍的女人坐在屋檐下喝酒。他觉得屋檐淌下的不是雨水而是酒水，海半仙把酒葫芦搁在桌上，说："添一个碗吧。"

女人叫迎春。迎春说三年前她男人方腊离开后，她不再有春天。

海半仙喝了口酒说："人们虽叫我半仙，可我想，我老的时候会是一个神仙。"

迎春说："方腊是个到处游荡的做酒师傅，他不会在一个地方待六十天，因为他的酒最长酝酿期是六十天。三年前，他留了张纸条，说三年后回来。今天，是三年之期的最后一天。"

半个时辰后，一个撑着黑色大伞的男人从雨的深处走来。他走到他们面前，说："再添一个碗吧。"迎春把碗里的酒泼向男人，转身进屋关门。

方腊抹了一把脸上的雨水和酒，用力推着门说："迎春，你快开门，我说给你听。"

海半仙背起酒葫芦说："女人一旦合上门，就打不开了。你跟我走吧。"

海半仙带方腊回同山镇的途中去了桃花村。

海半仙打开密封了四十六天的酒坛,酒香像阳光一样溢满屋。海半仙给每人分了一小盅桃花酒。

那天,村里男女老少的脸色像桃花一样红,两坛酒卖出了人们无法想象的大价钱。扎着麻花辫的妇人红着桃花脸,问:"明年你还帮我们做桃花酒吗?"

海半仙说:"明年春天,摘下东南枝初放的桃花苞,捣成浆,泡进上好的烧酒,四十六天后出酒。我说过,它会有结果的。"

海半仙站在酒坊门口,还没敲,门就开了,翠屏早就等在门后。

翠屏笑着说:"一日不多,一日不少,刚刚好。"

海半仙说:"四十九天就四十九天,不然这门合上就打不开了。"

方腊把所有的手艺都使了出来。他说:"我这辈子最大的梦想是拥有一间酒坊。"海半仙说:"迎春算不算在里面?"方腊沉默很久后吸了口气,说:"酒花有六成香了。"

方腊和海半仙联手烧了一种酒。方腊说:"你给这酒起个名。"海半仙说:"叫迎春酒吧,你该回去看看了。"

方腊抱着迎春酒在门口站了三天三夜。第三天夜里下起了雪,方腊从窗外隐约地看到迎春在炉上暖酒,酒香、烤牛肉香还有咿咿呀呀的越剧从门窗缝钻出来。方腊想,她的脸色一定又暖又红,出一层带酒香的细汗,她喝醉了会笑,笑起来眼睛像新月一样又弯又细……后来,方腊晕倒在雪地里。

方腊醒来后,七个老人已经打开了那坛迎春酒,他们围着炉子喝酒,他们的头发像雪一样白,脸色像婴儿一样红润。

一个月后,迎春的门又被敲响了。海半仙将一把铸着小青龙的刀举到迎春面前,说:"认得这把刀吗?"

迎春说:"长河镇青龙帮的歪头老大从来都是刀不离身,难道他死了?"

海半仙说:"杀死歪头老大的是方腊。他潜伏了三年,灭掉了作恶多端的酒霸青龙帮。"

迎春笑了："你在讲故事,酒鬼最喜欢用故事下酒。"

海半仙说,我在长河镇住了一个月,给人酿了一百一十八坛烧酒。

迎春望着海半仙身后的方腊,脸上的笑渐渐敛起。

那天,海半仙和方腊喝酒,从下午到黄昏,从黄昏到月至半空之时,两人都抽出刀,各自朝刀身喷了口酒。

迎春只看到刀光和月光混成一团,像一大团带着光晕的银子熠熠发光。刀光淡下来的时候,她发现院子里只有方腊,海半仙像酒气一样散发了。

迎春倒了两碗迎春酒,一碗给方腊,一碗自己一饮而尽。迎春的嘴唇像桃花瓣一样红。

方腊迟疑地举着酒碗,问道："为什么不开门?"

迎春说："你走后我把门换了,推门换成了拉门。你拉门了吗?"

酒里金刚

海·飞

　　同山镇的酒客们最喜欢黄昏降临的辰光。那时他们像一排木桩似的钉在同山镇街心，仰脸看着晚霞一点一点由绚烂而渐暗而晦暗而滑入暮色。之后，他们会在海半仙酒馆度过一段无比开心的好时光。

　　海半仙酒馆每晚十点后酒菜免费，翠屏烧出最拿手的五香牛肉。一时酒客如云。

　　这天晚上海半仙对酒客们说："供酒供菜没事儿，可有个条件——你们得讲关于自己的酒故事，要新鲜有趣，讲得最好的能得到一坛'七步醉'。"

　　张三抢先跑到酒柜前。

　　张三说，十二岁时他跟爹到镇上买了两坛同山烧，准备过年时喝。

　　他爹在前面拉车，他在后面推车。父子俩推着车高兴地聊着，没想到推车陷进泥坑，车轮一歪，两坛酒一滑坠地，满地酒香。张三抓着头皮愣在原地。

　　他爹吼，还愣着干啥，等下酒菜啊？赶紧喝。

　　父子俩趴到地上，把碎酒坛片上的酒都舔了个干干净净。

　　张三说："这故事精彩吧。"

　　李四说："这故事跟我的比，一般般。"

李四有一年把老婆送回娘家过夏，喝够了酒跌跌撞撞地回家。路上想起家里还有半斤同山烧，酒虫子就从喉咙里慢慢爬出。不料刚到地头就摔了跤，爬起时摸到满地蚕豆，心里暗自高兴，抓了几把蚕虫装进衣袋，迷迷糊糊走到家。进屋后先炒豆，他倒酒吃豆子，蚕豆有点儿硬，咬不动，可味道绝对好。他想可能蚕豆有点儿老了，就喝一口酒咂一口蚕豆，把半斤同山烧都喝了。第二天酒醒，他瞅着满桌的小石子发愣，一嗅还有股盐水味，再一尝咸滋滋的。他骂自己，昨晚醉酒竟然把小石子当成了蚕豆。

众人哈哈大笑，门外进来个人，嚷着要七步醉。

海半仙拱了拱手问："先生打几两？"

那酒客答："几两？笑话，听说过酒里金刚宋万里吗？给我来五斤！"

海半仙说："宋先生，这七步醉略有名声，一般人只能喝三两，超过三两走七步就会醉倒。"

宋万里对着屋顶大笑，笑完掏出两块大洋拍在柜台上，一把拎过柜台上摆着的七步醉，揭开酒坛盖，咕嘟咕嘟喝了三大口。然后，放下酒坛对海半仙冷笑："这几大口少说也有半斤了。"

海半仙说："你走几步。"

宋万里稳稳地走，一步，两步，三步……他继续冷笑："笑话，别说七步，就是走到上海我也能……"话音未落就歪倒在地。

海半仙伸手拭了拭鼻息，没事。遂叫伙计把人抬上床，盖上被子，别凉着。来，继续讲故事。

第二天众酒客又如约而至。

王五多年前从镇上打了瓶同山烧回来，犯愁没钱买下酒菜。见有人在卖螃蟹，他趁卖蟹人忙乱间，偷偷掰了条螃蟹腿就溜回家做熟，舔一口螃蟹腿喝一口酒，有滋有味地喝到大半夜。蜡烛燃没了，王五摸黑继续喝，一不小心螃蟹腿掉到地上，他摸来摸去总算捡到，用衣襟擦了擦继续喝。瓶底朝天了，灌上水涮涮又喝，然后把螃蟹腿小心地搁桌上，打算第二天再就着喝。

第二天中午起来，螃蟹腿还在地上。再一看，桌上搁着枚大铁钉，铁锈已被舔得干干净净。

众人大笑不已，说这个真绝了。

王五问："我能拿酒了吧？"

海半仙说："再听听别人的故事，我去看看那酒里金刚。"

宋万里睡得如痴如醉。海半仙出来说："继续讲故事。"

第三天，赵六捋了捋袖子，讲起了自己的酒故事。

去年赵六跟朋友从绍兴回同山镇，因临上车喝酒误了火车，两人决定走回家，从行囊里摸出两瓶酒，沿着铁路线一边走一边喝。

火车轰隆隆地开过来开过去，他们扶肩搭背，唱着荒腔走调的绍兴大戏，快活得不得了。

喝着喝着赵六疑惑地说："天哪，这梯子好长，我们怎么也爬不到头啊。"

朋友说："可不是，这梯子快通天了。"

赵六一拍大腿："这是不是天梯，让我们做神仙去？"

朋友说："可不是，咱是要做酒仙去了……"

这时有人跑过来喊："危险危险，快下来。"

朋友说："他咋咋呼呼喊啥？"

赵六说："他喊危险。你看这天梯没扶手，当然危险了，哎，别拉我别拉我……"后来他们被一桶水浇醒。

赵六摸着满脸水，纳闷怎么没上天。人家冷笑："上天？下阎王殿还差不多，两个醉鬼把铁轨当梯子爬。"

众人笑得前俯后仰，海半仙差点儿把酒喷出来。

赵六的手伸向七步醉，海半仙说再等等别人的故事。那酒里金刚该醒了。

海半仙走进里屋敲了敲床板，说："差不多了，该醒了。"

片刻，宋万里睁开眼，一骨碌起身，对海半仙点点头，捂着嘴巴一声不

吭，走到外面对众酒客点点头就出门了。众酒客嚷，这就是个白吃白喝的家伙，连个故事都不讲。

又过了三天，那坛七步醉还是没人拿走。这天晚上，有人正讲在兴头上，一个戴着口罩的女人进来，身后拖个闭嘴不吭的男人。众酒客一看正是那酒里金刚。

女人摘下口罩说："海半仙你还我男人。"

海半仙说："你男人不正在你手心里吗，我怎么还？"

女人说："这死鬼回家后闭着嘴坐了三天三夜，不吃不喝不说话，成了个木头人。你还我原来那个。"

海半仙叹了口气说："看山是山，看水是水；看山不是山，看水不是水；看山还是山，看水还是水。"

这时宋万里慢慢地张嘴，深深吸了口气，再缓缓吐出。顿时酒馆里弥漫一股醇香无比的气息，众酒客晕乎起来。

宋万里说："我第一天回家喂羊，羊醉倒了。第二天喂狗，狗醉倒了。第三天喂鸡，鸡也醉倒了。闭了三天嘴，七步醉还能到这个地步，真是天下一等好酒。"

女人说："我要不戴口罩，这一路拉他过来，怕早就醉倒在路上了。"

海半仙对众酒客说："你们谁讲的故事似他这样新鲜有趣？"

众酒客面面相觑默默无语，片刻间酒馆里掌声雷动。

海半仙把酒坛递给宋万里的女人，说："酒是个好东西，但得适量，以后你管酒，每顿只能三两，养气，活血，益神。你男人底子好，经这一场醉生梦死，能多活十年。"

秋天有病

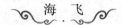

海 飞

秋天的时候我开始生病。我不知道为什么，突然就会感到胃部的疼痛，我想象那是一只奇妙的手，在拉扯着我的胃。一个脸上长满粉刺的年轻医生，在急诊室为我诊断。

他看着痛得蜷成虾一样的我，笑了，说："你是得了阑尾炎。"

王小勃一直都在陪着我，王小勃是和我一起喝酒的时候，发现我痛得厉害。

他把我送到了中医院，挂了号，他说："你一定要坚强。"

我想，这好像应该是在战场上说的话。

王小勃经常和我吵架。我们总是吵吵和和，和和吵吵，经常为一件小事吵个不停，甚至大打出手。但是我们这么多年来，却仍然形影不离，这真是一件奇妙的事情。王小勃送我进了手术室，又把我迎了出来。我知道肚子上多了一道口子，医生真伟大。王小勃比我先看到李兰，他的眼睛在2005年秋天来临的时候，发光了。王小勃经常来病房，他无微不至地关心着我，是因为他想接近李兰。

我也喜欢长得并不漂亮的李兰。她的微笑和眼神，可以令人安静。我需要这样的安静。

我听到李兰悦耳的声音响了起来:"我是你的主理护士,我叫李兰,你随时可以按铃呼叫我。"

我说:"是随时?"

李兰怔了一怔笑了,说:"随时。"

王小勃就经常有事没事地按铃,甚至有一次他约李兰单独吃夜宵,我的胃部又酸了起来。我怀疑是不是阑尾炎再次发作。

我出院的时候,王小勃借此庆祝,约了李兰一起在大排档吃夜宵。如果用文学的语言来形容,那是一个秋风沉醉的夜晚。李兰对王小勃和我报以同样温柔的微笑。这时候一群人围住了老板娘,看样子是来寻衅的,他们手里捏着啤酒瓶,并推倒了老板娘,打了老板一顿,还掀翻了排档的桌子。我看到炉火仍然很旺,把2005年的秋天映得很红。

在很红的秋天里,王小勃站了起来,轻声说:"你们别再打他们了。"

那伙人都没有听到,所以王小勃吼了起来:"你们别再打人了!"

王小勃的话音刚落,就被人打了一拳,踢了一脚。我看到王小勃的鼻子下挂了面条一样的鲜血。

王小勃转过头来对着我和李兰凄惨地笑笑,我在他的笑声中站了起来,我对李兰说:"我得去帮他,不然我就不是人了。"

李兰一把拉住了我的手,她关切的目光让我感到了温暖。我觉得这个秋天不是很冷。

王小勃喝住了我,说:"不许过来,你不许过来!"

他的脸色变了,手里突然多了一把刀子。他冲向了打他的那个胖子,一刀刺进胖子的肚皮。他没有学过外科手术,却下刀如此果断。他把胖子推到了墙边,拔出刀子再次捅了进去。我似乎听到这个秋天裂帛一般的声音,那个胖子瞪大眼睛,缓缓地像一张剥离墙壁的画一样,软软地掉在了地上。这时候,那伙人四散逃了,警车和救护车的声音同时响起。

我一把拉住了李兰,说:"我们怎么分不出这两种车的声音。"

王小勃也受伤了，他和胖子一同被送往医院。不过，王小勃的手上，戴上了一副钢铐。

我和李兰陪着王小勃，我询问警察："王小勃是见义勇为还是行凶杀人？"

年轻的警察腼腆地笑笑，挺直身子说："不知道。"

我看到王小勃睁开了眼睛，他的眼神像棉花一样柔软无力。我看到他的身子颤抖起来，他不停地颤抖着。我俯下身去，抱紧了他。

我说："小勃，我在你身边。"

这时候我感到刚拆了线的伤口，仍然在隐隐作痛。王小勃的目光，一直在李兰的身上游移。但是他不能说话，他的嘴唇在轻轻动着，发出含糊不清的音节。我想这个温暖的秋天对于王小勃来说，也许是寒冷的。

我说："李兰，你抱抱王小勃。"

李兰望着我，眼神中充满疑惑。

我加重了语气，说："李兰，你抱抱他，他还没有被女人抱过，你得抱抱他。"

李兰俯下身去,抱了王小勃很久。

我看到王小勃惨白的脸上渐渐浮起了虚弱的笑容。

王小勃被医生推走了,他被踢了一脚的腹部要做全面检查。我牵着李兰的手,离开了医院。那天晚上,我背着李兰,一直在大街上行走。天上下起了小雨,雨滴很快打湿了我们单薄的衣衫和蓬乱的头发。我走到了十字路口,看到白白的灯光阴险地落下来,罩在我们的身上。一辆车子,从我们身边驶过,接下来又是无边无际的安静。

我说:"李兰,李兰李兰,你知道吗,我和王小勃,是一起在孤儿院里长大的。"

李兰好像睡着了。但是有冷冷的水落在我的脸上和脖子上,那是李兰的泪水。她的泪水好像忘了安装刹车档一样,源源不断地落下来。

李兰轻声说:"我们都是怕痛的人。我要睡着了,你背着我再走一段路吧。"

我背着李兰走进 2005 年秋天深处的深处,我看到了这个秋天,是个有病的秋天。最后我站住了,一辆迎面而来的车子,车头灯的强光打在了我和背着的李兰的身上。我在强光中,露出了有病的笑容。

选　择

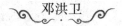
邓洪卫

胡二品刚毕业，到南风镇的某银行分理处工作，被分在柜台上。主任姓丁，个子不高，喜欢喝点小酒。平时不是别人请他喝，就是他约别人喝。没有他人请，也约不到别人，他就在食堂跟员工喝。

"不喝酒怎么混？喝醉了又算啥？"主任眯着小眼睛，似醉非醉，盯着胡二品。

胡二品脸红了。他酒量极差，两小杯下肚，脸就红得跟番茄一样。

"得练！胆子是吓出来的，酒量是练出来的，喝吐几次，就有长进了。"主任说。

胡二品就喝吐了几次，果然，酒量大一些。也就大那么一点，再练也不行。书上说，酒量差的人，肝上缺少一种什么酶。胡二品就是这样。缺酶，酒精解不了。

"不喝酒，不适应这个社会，不适应这个时代，就不适应银行发展啊。"主任说。

胡二品感到羞愧，恨父母没孕育好他，让他肝上缺酶。

他们晚上就住在银行的楼上。一间大屋，几张床。下班了，他们就到楼上的食堂吃饭。吃完饭，到宿舍玩"斗地主"。主任约客户吃饭，或客户约主

任吃饭的时候,主任会带上一个员工。带谁,是主任的权力,也是主任的奖励。

"我在县里上班的时候,除了早饭,中饭、晚饭几乎没在家吃过。你们再混混,过几年也这样。"主任显得很自豪。

无论晚上喝多少酒,睡得多晚,早上主任总是第一个起床。他当过兵,习惯早起。

五点钟,他穿戴整齐,叉着腰站在银行门口从北往南扫视,很像个领导人,仿佛有什么规划,要做什么决策,盘算着镇上还有哪些大商户没在他这儿存钱,还有几家公司想在他这儿贷款。扫视完毕,他昂首阔步,顺着大路走一个小时,回来看有几个员工还没起床,他有点不高兴。

别的员工,他不太好说,他说胡二品:"以后,银行这碗饭不好吃了,不是金饭碗,不是银饭碗,也不是铁饭碗,要优胜劣汰,会有一批人下岗。"

胡二品胆小,爬起来穿好衣服,上厕所都尿得战战兢兢,滴滴拉拉,没力气。

早饭时,主任说:"上面正在拿计划,双向选择,竞争上岗。主任选择员工,员工选择主任。选落下的,待岗学习三个月;若还选不上,那就下岗了。"

胡二品面色沉重,小心地喝着稀粥,生怕喝出响声来。

胡二品的家在农村,父母都是农民,他能考上大学分配到银行,相当不容易。他没有任何关系,是村里唯一的大学生,也是家族里唯一吃公家饭的人。

"银行工作,了得。"他父亲在村里人面前递着烟,优越感十足。

"一上班,工资比其他单位几十年工龄的人都拿得多,成天数着钞票,跟有钱人打交道,吃吃喝喝,天天有人请,顿顿有酒,了得!"父亲接着说。

"能帮我们拿点贷款吗?"有人问。

"能拿,怎么不能拿?!"父亲底气十足。

父亲说:"银行不放贷款怎么能赚钱?怎么给员工发高工资?"绕来绕

去，又绕到工资上。

话虽这么说，父亲没有带人找胡二品拿过一分钱贷款。

"吹牛不上税，贷款怎么能乱放？"父亲教育胡二品，千万不能胡乱答应给别人放贷款。

有一回，父亲一早上跑来，说："李二混昨晚向我打听你的电话，我没告诉他。他可能要找你拿贷款，千万别拿给他，他亏外面债太多了，是个大骗子。"

胡二品说："我哪有什么权力放贷款？贷款都是主任经手放的。"

"担保也不能担保。"父亲叮嘱。

胡二品说："我刚毕业，哪有能力担保？"

父亲还是不放心，千叮咛万嘱咐后走了。

主任说："小胡，我想把你往外推推，担担责任。"

胡二品狐疑地看着主任，不知主任要把他往哪儿推，他能给主任担什么责任。

主任说："银行要发展，就得发展客户，就得放贷款。现在有几笔贷款必须要放，你签个名担保一下。你为银行做出贡献，双向选择才选不掉你。"

胡二品心里一颤，想起刘玄德马跃檀溪，前有大河，后有追兵。这字签还是不签？

他拿起笔，又放下了，说："主任，我只是个柜员，办办普通业务，哪里能担保？再说我对客户也不了解。"

主任抽着烟，没有说话。

这几笔贷款还是放出去了，都没收回来。主任被停职了，停发工资，专门去收贷款。可是那些人都躲着，藏着，推着，拖着。主任有时在人家那儿坐到中午，一顿饭也吃不上。人家说："中午还有事，就不陪你了，等有钱了一定还。"

后来，果然双向选择，主任待岗了。

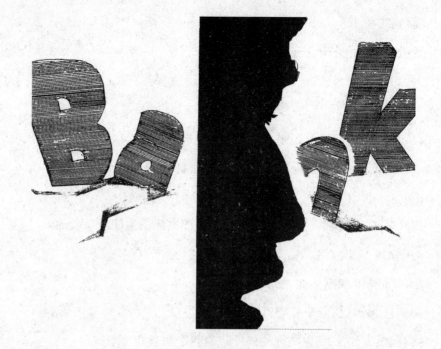

再后来，银行减员，主任拿了几万块钱，离开了。据说到南方做了什么生意。

几年后，胡二品做了主任。他再也不睡懒觉，每天早早起来，站在银行门口，叉着腰，从北往南看。

胡二品想，当初，主任也站在门口，他那时在看什么，想什么呢？

墙　洞

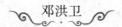
邓洪卫

　　银行分理处的旁边是个饭店,店老板姓黄,排行老二,长了一副连鬓络腮胡子。人称二毛胡。

　　银行装修的时候,二毛胡的饭店也开始装修。银行的房子是租的,以前开的是旅馆。二毛胡的房子是自己的,以前租给别人开饭店,现在自己收回准备开饭店,因为他知道隔壁开银行了。

　　银行装修完,离开业的时间也就近了。主任和几个小伙子先期进驻。银行和饭店的后面都有个小院子。小院子里都有楼梯通往二楼,楼梯之间就隔着一堵砖墙,这边是银行,那边是饭店。

　　二毛胡站在自己的楼梯上,抽着烟,看着对面。对面主任叼着烟从办公楼往楼下走去。目光相对,二毛胡咧开嘴笑了笑:"你好!"

　　主任也咧嘴笑了笑:"你好!"

　　"什么时候开业啊?"二毛胡从兜里掏出烟,甩一支过去。

　　"快了,二十八。"主任稳稳地接过烟说。

　　"是的,还有五天。"二毛胡掏出打火机也要扔。

　　"你那边开什么?"主任摆摆手,自己掏出打火机,咔,打着了,点上。

　　"饭店,中午过来喝两盅吧。"

"不了,可能要回城里去。"

到了中午,主任夹着小包站在银行门口。二毛胡走出来,拉着主任说:"都这个点了,去城里不也是吃饭?不如在我这吃了饭再回。"

主任看了看天,说:"那我得打个电话回去,人家等我吃饭呢。"

回过头,主任跟二毛胡坐在饭桌旁。变蛋、花生米、白菜烧牛肉、豆腐烧肉皮,开始。喝的是"汤沟"。

吃完了,主任说:"记我账上。"

二毛胡说:"这顿算我请。"

二毛胡心里有数,刚才喝酒的时候,他提出来:"银行就这几个人,烧饭挺麻烦,不如在我这儿开伙食。"主任说:"可以考虑。"

主任拎着包要出门,二毛胡又拿出两包红塔山塞主任包里。

临近开业的前三天,一切布置妥当。东西南北大街上每隔一段路,都挂起横幅标语:某某银行某某分理处某月某日盛大开业。银行的门头上,也挂着同样的标语。

一派喜气。

就在开业的前一天早上,主任发现,这些红布标语约好似的不翼而飞了。

主任在门口东张西望的时候,二毛胡也站在门口。

主任自言自语:"红布宣传横幅都哪儿去了呢?"

二毛胡也跟着主任东张西望,说:"我帮你通过黑道打听打听。"

当天下午,二毛胡把红布横幅都找了回来,说:"道儿上人挺给我面子,我帮你买了两条烟。"

主任掏出二百块钱,二毛胡收下:"道儿上的规矩,没办法。只能这么解决,警察也管不了。"

红布横幅又挂回原来的地方。

　　但是,银行工作人员并没有在二毛胡的饭店吃饭,而是自己找了一个厨子烧饭。主任说:"这是上面安排的,没办法。"有客人来的时候,主任也象征性地在二毛胡的饭店吃了几顿饭,其余时间都到另一家饭店。另一家饭店的菜烧得更合口味。

　　这一天,来了两个客户,来谈业务。谈到中午,客户请主任吃饭,去的是另一家饭店。当天下午,银行后院楼梯墙上被砸了一个洞。二毛胡拿着铁锤站在洞的那边,冷冷地看。

　　主任也冷冷地瞅着洞,说:"二毛胡,这有点儿过分了吧!"

　　二毛胡将铁锤蹾在地上,说:"刚才走路撞着我的头了,我嫌它碍事。"

　　主任说:"你现在把墙砌起来,我当什么事没发生,不然,我要向上面汇报了。"

　　二毛胡冷笑:"这个墙是我家的,我想砸就砸。"

　　主任没说话,上了楼。

　　过了一会儿,二毛胡喊:"主任,我们谈谈。"

　　主任说:"这事我不好谈,报给上面处理了。"

　　警察来了,取证,调查,谈话,做笔录,二毛胡被拘留一周。

　　二毛胡回来的时候,请主任喝酒,把砌墙的钱主动给了主任。二毛胡说:"我砸的墙,我承担。"

主任说："二毛胡，你有种，不能因为我吃喝招待不在你这儿，你就砸墙啊。"

二毛胡低声说："主任，这事不关吃饭的事，有一点我得说清楚，这镇上的人杂，钱不能随便放，那天来找你的人，可不是好鸟。"

主任笑："我们有规矩的。"

二毛胡忽然提高嗓门儿："这几天都过得挺好，除了第一天在拘留所里，剩下几天都出去旅游了。"

主任喝酒，心里笑："煮熟的鸭子——嘴硬！"

墙洞早已补上了，但补上的那块显得新又黑，与周边颜色不协调，像旧衣服的新补丁。

主任每次上下楼，看到墙洞，总有一种恍惚感，仿佛墙洞突然开了，他能穿过墙洞走过去。

过了两年，主任被停职，因专门放不良贷款。那天，他夹着小包从楼上下来，在楼梯口，定定地站了几分钟。

再后来，主任离开了银行。二毛胡的饭店也不开了。

有一天，二毛胡在街上遇到主任。二毛胡问："兄弟，现在怎样？"

主任嘴角衔着烟，很自得地说："早就不想在银行干了，太拘束，现在放开做生意，自在！"

二毛胡笑着点头，却在心里说："干哪行都不自在呀。"

台上坐着个杀人犯

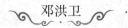

邓洪卫

20 世纪 90 年代末期，南风镇发生了一起凶杀案。镇妇女委员被人绑在椅子上杀害，仅留尸身，人头不知去向。现场汪着好多血，这血也"汪"在到过现场的很多人的记忆里，抹不去。

什么样的深仇大恨，乃至于此！

妇女委员被杀是在夜晚，次日上午才被发现。县公安局的警察来了，公安局局长限期破案。居民的经验是，越是限期，越破不了案。

果然此案被无限期搁置下来。

在南风西边，还有一镇，叫西风。西风的宣传委员姓唐，大家都叫他小唐。小唐听到南风妇女委员被杀害的消息时，心里像被蚂蚁咬了一下，麻扎扎的。

他心中已有答案。他在等待着公安局给他一个英雄所见略同的结论，验证他的预言。但是公安局的警察并不配合，这让他心里时常出现麻扎扎的感觉。

南风妇女委员被杀的当天下午，南风镇的宣传委员小钟致电小唐，说下午镇里的领导都不在，他想偷空到西风打牌喝酒。乡镇工作并不繁忙，清闲居多。大家相互走动，打发时间，不足为奇。

下午五点多钟，小钟骑着他的本田摩托"突突"到来。小唐把小钟直接带到镇上卢家渔庄，还有两个朋友一起打"八十分"。

那场牌打得十分激烈，历经两个小时，一局方尽。小唐跟小钟对家，赢了。那两个朋友不服气，说吃了饭再继续。小钟说，好嘞，非把你们打得服服帖帖跟死狗一样！

接下来就是喝酒。这场酒喝得也让小唐疑惑。往常，小钟是慢热之人，最初是不肯喝，等别人喝得差不多了，才来精神。可是这次，小钟却主动要求把酒倒满。

平常四人都能喝掉两瓶白酒，平均一人半瓶。光喝白酒不过瘾，还要每人再拿两瓶啤酒"漱漱口"。他们喝酒喝出很多花样。有时，白酒啤酒兑着喝，叫"皮夹烧"。有时，小杯白酒连酒带杯沉到啤酒杯中，然后一口喝下。这叫"潜水艇"。

通常，一遭下来，大家都是半醉状态，会再打一局牌，或干点儿别的事。小钟有时会留宿，西风镇政府宿舍空着几间房，有床铺被褥，为招待客人之用，小钟就睡在其中一间。但更多时候，他会骑摩托回南风镇去。

那天的奇怪之处是小钟喝酒很积极。四个人喝了两瓶白酒、两瓶啤酒，小钟忽然说话舌头打卷，上趟厕所回来，还把凳子坐翻了。

他们把小钟扶到镇政府宿舍休息。小钟头一挨枕头就呼声如雷。另外两个哥们儿先走了。小唐给小钟倒了杯水，回到自己宿舍。过了一个小时，小唐不放心，去推小钟的门，没推开。敲门，没动静。看来醉得不轻，睡成死猪了。小唐回到自己房间，也睡了。

后来，小唐再去卢家渔庄喝酒时，一个服务员说，他们喝酒那天，钟干事偷偷把酒倒了，让她倒了一杯水。

小唐的心里麻扎扎的。小钟为什么要装醉？

问题还不只于此。第二天早上，五点多钟，他还在睡梦中，就听小钟在外面喊："起来，打球去！"

声音很大，整栋楼都能听到。小唐出来责怪他："别嚷嚷了，把别人都吵醒，人家会有意见的。"

小钟哈哈笑着说："都五点钟了，醒就醒了，都起来锻炼身体。"

这又是一个奇怪之处。小钟爱睡懒觉，每次都很迟才起床。

他们打球打到七点半。往常这个时候，小钟会不吃早饭，骑着本田"突突"回去。可是那天，小钟要求小唐陪他吃早饭。吃完早饭，八点多钟了，小钟才跨上本田，回去。

上午九点钟，他就听到了南风镇的妇女委员遇害的凶讯。

小唐知道，小钟跟妇女委员关系很不一般。虽然都是结了婚的人，但由于工作关系密切，走得很近。

可就在妇女委员被害的前几天，他们在一起喝酒时，小唐发现小钟的情绪不太对劲儿。

小唐得知，妇女委员在跟小钟相好的同时，还跟别人好。

公安局也曾调查了小钟，但小钟没有作案时间。小唐和另两个朋友，甚至西风镇大院的一些人，都证明案发当晚，小钟在西风镇醉酒留宿。

但小唐心里明白，小钟就是杀人凶手。喝酒装醉，夜里悄悄起来到南风镇取了妇女委员的项上人头，又连夜赶回，天没亮就嚷嚷着打球。无非就是让别人都知道，他这一夜都在西风镇。小唐不明白，这么简单的杀人案，公安机关如何破不了。

此后，小钟不仅逍遥法外，而且过得很快活，从镇上的宣传委员，一路升迁到某局局长。

鬼使神差，小唐一直在小钟的手下当差。当小钟成为钟局的时候，小唐也到了这个局，成为办公室主任。

钟局已不是当年之小钟，虽然对小唐不错，但毕竟是上下级关系，肩膀不一样齐了。有时，钟局对唐科办的事不满意，还会批评几句。小唐就会在心里骂：神气什么，杀人犯！

江湖·野猪横行的日子

　　钟局在大会上面讲话，小唐坐在下面骂：杀人犯！

　　钟局在电视节目上讲话，小唐在电视机前骂：杀人犯！

　　钟局喝酒的时候，让小唐服务，指使小唐干这干那。小唐在心里骂：杀人犯！

　　小唐希望公安局早日破案，把杀人犯抓住。最好是在他开会之时，在他神气活现讲话之时，警察突然出现，抓走他。

　　二十年后，公安局终于破案，抓住了杀人犯。杀人犯并非钟局，而是另有其人。该男子在那天夜里尾随入室，想强奸妇女委员，遭到反抗。该男子大怒，制伏妇女委员，取下人头。

　　县里的报纸刊登了公安局破获多年积案的通讯报道。唐科愤怒了，把报纸撕得粉碎：靠，又是一个冤假错案。

　　唐科辞去工作，下海去了。

蚕 王

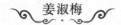

姜淑梅

几百年前，巨野县有户人家因养蚕发了家，买了很多地，给俩儿子盖了两个大院，都有两层小楼，还有瓦房。

这年婆婆病死了，哥俩分家。大媳妇是个不讲理的女人，好房子好田地她都要了。二媳妇是个老实厚道人，不跟她争。

老二看嫂子做事太过分，要去跟嫂子讲理，二媳妇拦住不让去，说："好儿不在乎千顷地，好女不在乎嫁妆衣。咱俩勤劳，自己挣。"

老二听了，也消气了。

二媳妇找到嫂子说："咱婆婆的蚕子都在你这儿，你给俺点儿呗，俺想养蚕。"

大媳妇说："有，明天你来拿吧。"

蚕要产子的时候，养蚕的人家把布铺好，蚕子都产在布上，比小米粒还小。

第二天，二媳妇去拿蚕子，大媳妇说："蚕子有两份，一份多，一份少，多的给你。"

二媳妇说："给俺少的就中。"

大媳妇说："不中，外人知道了，又说俺欺负你。"

二媳妇没多想,以为大嫂这回谦让了,高高兴兴地把蚕子拿回去,放在身上暖。那时候老家都这样,女人用身子慢慢暖蚕子,暖到一定时候,一个个蚕子就变成一只只小蚕了。

该产小蚕的时候,二媳妇家就只出来一只小蚕,一只也养着。

这只蚕长得很快,吃桑叶吃得很多,小两口一筐一筐地采桑叶。

大媳妇想:给她的蚕子都让俺用火烤死了,他们往家整那么多桑叶干啥？

小两口出去采桑叶，家里没人，大媳妇进院了。她从门缝往屋里看，一只大蚕像梁柁那么大，身子白了，快要干活儿了。她想起来，烤蚕子的时候，她用手捏着那块布，准是捏住这个蚕子了，才没烤死它。

她找了把大刀，把刀从门缝里伸进去，把大蚕杀死了。

小两口回到家，看大蚕死了，放声大哭。

这些天，二媳妇天天夜里给大蚕添桑叶，她太累了，哭着哭着睡着了，梦见大蚕跟她说话。

大蚕说："你俩别哭了，把俺埋到后园子吧。"

小两口在后园子挖个坑，俩人抬着大蚕，埋在后园子了。

第二天，埋大蚕的地方长出来一棵枣树，结满了小枣。

这只大蚕是个蚕王，十里八乡的蚕都过来吊孝。

来吊孝的蚕该干活儿了，想回却回不去了。三个屋里，大门洞里，院里，树上，二媳妇家到处都有蚕干活。

二媳妇那年卖了很多蚕丝。

小两口经常给枣树浇水，上粪。到了秋天，小枣红了，两口子天天去卖枣，一棵枣树结着卖不完的枣。

大媳妇看人家挣钱，眼红了，找二媳妇说："那棵枣树长到老宅子上了，得一家收一年枣。"

二媳妇说："中。"

到大媳妇收枣的年份了，这两口子懒得很，不给枣树浇水，也不上粪，枣树快要干死了。那年天旱，树上只结些干巴枣。到了秋天，雨多，又连阴几天，枣烂在树上了，没卖一个钱，气得大媳妇把枣树锯了。

二媳妇小两口心疼得哭，也没说嫂子一句难听话。

他们看那年小麦收成好，锯了两米多长的枣木，做成割麦子的镰把，很快都卖完了。

第二年，大媳妇让老大把枣树全做成镰把，用挑子挑到集上卖。赶了十多个集，一个镰把也没卖出去。

大媳妇生气，不卖了，把镰把都烧了。火越烧越旺，她用棍子打镰把，把房子点着了，吓得她不知咋办好。

两口子进去抢东西，只抢出来一趟。

火越着越大，老大不敢进去了，帮忙救火的也说，不能再进去了。

大媳妇破口大骂老大，两口子又去火屋里抢东西，只听见咳嗽了几声，再没动静。

老干棍，干巴瓢

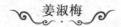

姜淑梅

传说，很久很久以前，王家有三个儿子，家里地少人多，收的粮食不够吃。

他爹说哥仁："你哥仁也出去挣钱吧，给你们俺一人一串青铜钱当路费，你们再带点儿干粮。"

哥仁春天往外走，走到一个三岔路口。

大哥说："咱仁一人走一条路，这三条路你们哥俩先挑。今年腊月十六上午，咱都回到这儿，一块儿回家过年。"

哥仁都能干，大哥、二哥挣了不少钱，就老三差了点儿。

老三白天给酒坊干活儿，晚上在酒坊看酒，酒总丢，东家不给他开工钱。

老三想："俺今天夜里不睡觉，看看这酒是咋丢的。"

到了夜里，来了一个白胡子老头，这老头说："你的酒丢了，都是我喝的，大夫说我不喝酒眼睛会瞎。你放心吧，从今往后我不喝酒了。"

老三想：眼瞎了，他咋活呀？老三说："老人家，你还是来喝吧，东家不给俺开工钱就不给开吧。"

老三在酒坊干了快一年，他跟老头说："老人家，俺过两天回家，你以后再偷喝酒，多加小心。"

老头说："没事，我是狐仙。我害得你没挣着钱，你还对我这么好，我送你两样东西吧。"

他拿出来两样东西，一根干干巴巴的棍子，一个干干巴巴的瓢。老三猜想：这破东西能干啥？

老头说："这个老干棍，你骑上它能驾云。你想要啥东西，管这个老干瓢要。孩子你记住了，这两样宝贝我借给你用一百天，过了一百天我就收回来。"

老三说："记住了。"

到了回家的时间，老三骑上老干棍，不多会儿来到三岔路口，等两个哥哥等得时间长，睡着了。

两个哥哥来到三岔路口，看见老三穿得不好，怀里抱着一根干巴棍子和一个干巴瓢，猜他混得不好，可能在外要饭了。

大哥说："让他睡吧，他要饭要累了。"说完，哥俩往前走。

两个哥哥说的话，老三全听见了。等他们走远了，他骑上老干棍，到了他们的前边。

哥俩看见老三拉着要饭棍子在道儿边走，装着没看见走过去了。

二哥说："老三要饭，练出来两条好腿，他走得更快。"

走着走着，哥俩看见一顶轿停在路边。大哥说："这轿子里要是坐着三弟，那该多好呀，可三弟要饭哩。"

老三坐在轿里，听得清清楚楚。

走着走着，哥俩看见前面有个骑马的，离老远停下来，歇着呢。两个哥哥知道老三要饭哩，也没看骑马的人，又过去了。

哥俩到家了，跟爹娘说："俺哥俩混得还行，三弟在外边要饭，他在后边，也快到家了。"

老三媳妇听见了，知道丈夫在外边要饭，她拿条绳子出了门，到屯子外上吊去了。

老三离老远看见了,心想:俺媳妇去树林里干啥?他不往前走了,想看看咋回事,是不是树林里有男人等她。

等他看见媳妇从腰里拿出一条绳子往树杈上拴,赶紧骑上老干棍到跟前。

老三问媳妇:"你这是干啥?"

媳妇说:"俺听两个哥哥说,他俩都挣不少钱,你在外边要饭。俺宁愿死,也不愿意让人看不起。"

老三说:"俺有宝贝,咱要啥能来啥,你啥都别说,看两个哥哥咋做。"

大哥二哥有钱了,两个嫂子要分家,他们把好房子好田地都要走了,分给老三一个大水坑。腊月里水坑冻上冰,老三两口子没有房子,只好把东西搬到冰上。

爹娘心疼儿子,让老三和媳妇住到他们屋里去,老三不去。

老三说:"干巴瓢,给俺来支笔。"

干巴瓢里马上出来一支笔。老三拿起笔来画房子,画大院。

画完了,老三说:"干巴瓢,俺就要这样的房子和院子。"

不大一会儿,这样的房子和院子全有了。

第二天早晨,老娘说:"老大,你们到冰上去看看,那两口子冻死没,俺慌记得一夜没睡着。"

大哥大嫂去了,一看大水坑没影了,冰也没影了,那里出现一片好宅院。

大哥问大嫂:"这是谁家?"

大嫂说:"反正不是老三家。这么好的房子和院子,先进去看看吧。"

听见有人进来,老三媳妇从屋里出来,老三也跟出来了。

老三媳妇问:"大嫂,你来这么早,有事呀?"

大嫂笑嘻嘻地说:"老三,你盖房子这么容易,咱两家换房子,你有本事再盖呗。"

老三说:"不行,俺好不容易有个窝了,不换。"

大嫂天天来,磨了三天,老三才答应换房子。

他管干巴瓢要来酒菜和纸笔,请来两个有学问的人,写了两份文书,换了房子。

搬家后,老三管干巴瓢要车马,要金银,要粮食,家里啥也不缺了。

一百天后,狐仙来了,收走老干棍和干巴瓢,也收走了大哥大嫂住的房院。两口子早晨冻醒了,睡在露天地里。

谎 言

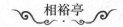

相裕亭

　　盐河北岸,有一个小村落,几十户人家依河而居,散落在一条两里多长的古河套里。远看,乌蒙蒙一片,恰如零零散散的旧船被遗弃在河岸边。走到跟前,透过河堤上茂密的竹柳,才可辨出一家一户错落有致的小院及房屋间的石巷黛瓦。

　　此村名为犯庄。

　　乍一听,觉得此处是出土匪、罪犯的地方。其实不然。

　　日伪时期,这里曾上演过一场影视剧里才有的故事。有两个偷摸进村里的小鬼子,被村里的男人打死,扔到村外的芦苇荡里。驻扎在盐河口的小鬼子来追查,把全村的成年男子集中到盐河边的小码头上,架起机枪,限定时间,逼他们交出"凶犯",否则要将全村人统统杀死。

　　关键时刻,村里的陈铁匠站了出来。

　　陈铁匠说,小鬼子是他杀死的。

　　日本兵中,一个留着八字胡的小队长,看到陈铁匠站出来,嘲讽般独自鼓起掌来。随后,那家伙满脸狐疑地走到陈铁匠面前,指着地上的两具尸体,问他:"你的,一个人,杀死他们两个?"

　　陈铁匠脖子一挺,说:"是。"

小鬼子"呦西"一声,随之将目光转向旁边陈铁匠的儿子,怒吼一声:"你的,不明白吗?"

小鬼子不相信陈铁匠一个人能杀死他们两个日本兵。

当即,陈铁匠的儿子也被拉出队列。

在处置了铁匠父子后,小鬼子们仍不肯罢休。他们说村里的男人中还有其同伙,甚至说这村里的男人,个个都是危险分子。

于是,小鬼子们把村里的男人编成三人一组、九人一串,用绳索绑连后,让伪军持杨木板子,在背后敲打他们的脚踝,将其一个个押上河边巡逻舰,说要带他们到"据点"内继续盘查,其实,是强征他们到山东招远金矿做劳役。

不久,他们当中有人写信回来。

小村里,妇人们听说那户人家有信来,都纷纷跑去,想看看是什么人从什么地方寄来的信。那些闻讯跑来的妇人中,有人怀中正奶着孩子,有人手里还拿着针线或是一把尚未择好的韭菜。来信的人家找来村子里识字的先生,念信上的内容。街口玩耍的小孩子与四处转悠的小狗,也都跟来凑热闹,陆陆续续地挤满了那户人家的小院。

而接到信的人家,显然是很高兴的。至少,说明他们家的男人还活着,否则,怎么会有信来。但是,信中提到的另外几户人家的男人,就没有那么幸运了,他们或是在半道上逃跑,或是在开采金矿时不守纪律,被日本人给杀了。

这一来,聚来听信的妇人、孩子与狗,很快都散去。他们拥向了那几户死了男人的人家。

而那几户死了男人的人家,先是有妇人滚在床上或地上哭,随之,就有人帮着焚烧纸钱,告慰死去的男人的亡灵。接下来,另有妇人们帮着收拾庭院,支起灵棚,并去那户人家的瓦罐里找米,院子里捉鸡,小街上买鱼、沽酒,还有妇人送来些青菜、豆腐、粉条子之类,在院里支起锅灶,并由两个厨艺较好的妇人主厨，办一桌丰盛的酒菜，来祭奠那家死去的男人。

此时，陈铁匠家的女人，一定会在那些剖鱼、洗菜，或是收拾鸡、煮米汤的妇人当中。因为，当初她家男人与儿子被日本人杀死后，村里的妇人们就是这样帮她的。

但是，此番铁匠家的女人，在帮衬那户家人料理后事时，如坐针毡。她从那户人家的哭声里，隐隐约约地感觉到他们的冤屈与愤懑。

"死鬼呀，你死得好冤！你跟着人家白白送死呀。"

盐河边的女人，哭亡夫时，都是称其"死鬼"。

人家哭她家的死鬼死得冤，白白地跟着去送死！这说明什么？说明她家男人是不该那样死的。究其原因，自然就落到铁匠父子的头上了。

铁匠家的女人，听了那哭喊，心里能好受吗！整个村庄的男人被日本人掠去做劳役，都与她家的男人打死鬼子有关。所以，铁匠家的女人在那户人家做事时，半天不说一句话。她甚至想找个僻静的地方躲一躲。

村子里的女人，表面上看不出她们是怎样恨铁匠家的男人和女人。但是，每当半夜醒来，摸摸自家男人不在身边，或是孩子哭泣、家中无柴起灶时，那些女人的心里，或多或少地会怨恨铁匠父子招惹祸端。以至于有些刻薄的女人，大清早的，在街上与铁匠家的女人走个照面，都不搭理她。

这样一来，铁匠家的女人就觉得日子过得煎熬与苦涩。以至于后来村子里再传来哪家男人死去的噩耗，她干脆缩在家里，不想去做帮手了。再后来，她悄无声息地带着孩子，隐居娘家。

新中国成立后，陈铁匠的后人想为他们打死鬼子而惨遭日寇杀害的先祖树碑立传，他们找到盐区地方政府。

盐区地方志的同志告诉他们，说当年死在芦苇荡里的那两个"鬼子"，并非是真鬼子，而是被日本人打死的两个穿着日本军服的盐工。他们之所以要自编自导那样一场惨剧，是为了向金矿输送劳工。

　　这就是说,铁匠父子打死鬼子之说,是子虚乌有的事。

　　不过,地方政府还是追以陈铁匠父子为革命烈士。为了一众村民,不惜牺牲自己的人,不就是烈士吗?

捕　鸟

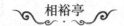

相裕亭

事情的起因，缘于孩子们雪天里捕鸟。

入冬以后，连着下几场大雪，近海水域的沟湾河汊子里，都被厚厚的冰雪所覆盖。许多依赖捕食鱼虾的海鸟，一时无处觅食，便飞向村庄场院的草垛、牛棚、马厩，寻找草料中残存的谷粒草籽吃。

盐河边的孩子，熟知海鸟的习性，专门选在大雪天，在村头儿的场院里支起击鸟的拉杆，捕捉那些急于觅食的鸟儿。

捕捉海鸟的拉杆，做起来挺简单。棉团一样的雪地里，扫出一块扇面形状的空场子，立一根木桩做支点，再横放一根可以横扫"扇面"的棍子，扯出长长的绳索，在所清扫出的"扇面"上，撒上鸟儿们爱吃的稻谷、高粱，偶尔也放些海鸟们喜食的小鱼小虾。然后，扯紧绳索躲到暗处，专等鸟儿们落下来啄食时，猛地一下拉"扫杆"，将鸟儿们瞬间击伤或击毙。

海边的孩子，都会玩这种捉鸟的把戏，还懂得不能盲目靠近被击伤的海鸟。它们野性十足，垂死挣扎的时候，还会扑打着翅膀跳起来，专啄你的眼睛。

新中国成立初期的某年冬天，盐河北乡的一群孩子在场院里捕鸟，村里田寡妇家的儿子田小坡，冒冒失失地跑到场院来滚雪球，一不小心，绊着人家布下的绳索。

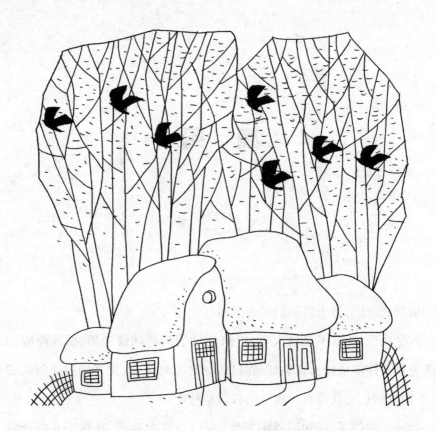

当时，田小坡就意识到有人在捉鸟。果然，远处乱草堆里冒出一堆小脑袋，挑头的是一个高个儿，名叫胡大刚。他骂骂咧咧地斥责田小坡破坏了他们捕鸟的拉杆，呵斥他赶快去把他们的"扫杆"恢复好。

田小坡原本是个怕事的孩子，且懂得绊了人家的"扫杆"是不对的。但他没有料到，在他去恢复对方"扫杆"时，胡大刚那小子起了坏心，趁田小坡尚未走出"扇面"，猛地一拉绳索，瞬间将击鸟的棍子打到田小坡的腿上了。当下，田小坡就捂着脚踝倒在了雪地上，引来了一阵得意的坏笑。

吃了亏的田小坡，明知自己势单力薄，嘴上却不甘示弱。他在对方围上来嘲弄他的时候，咬紧牙根放出一句狠话："你等着，等我台湾的舅舅回来了，先杀你胡小刚，再杀老胡昌。"

田小坡说的"胡小刚"，不难理解，就是眼前这个胡大刚。在田小坡看来，胡大刚那做派，分明就是个刁钻的小人。之所以喊他胡小刚，是藐视他的意思。而老胡昌又是谁呢？说出来吓你一跳，他是新中国成立后盐区北乡第一任大村书记，是胡大刚的父亲。

非常年代，田小坡一时气急竟说出那样一番话来，这还了得，这是极其危险的敌情信号。

身为大村书记的胡昌，当即派人监视田寡妇的行踪，并暗中派出调查组，前往田寡妇娘家去深入了解情况。很快，问题便发现了，田寡妇确实有一位远房的堂兄，在解放军过长江的时候，跟着蒋介石去了台湾。

这下，问题严重了。

一夜之间，田寡妇成了隐藏在人民内部的女特务。先是将她关起来，逼她交代与台湾方面的敌情动态，紧接着就是大会小会地开始批斗。同时，还鼓动周围的人与田寡妇划清敌我界线。

田寡妇呢，原本就是个寡妇，身边唯一的亲人，就是那个给她挑起祸端的捣蛋儿子。好在，当时田小坡年纪尚轻，虚岁不足十一，属于青少年可教育的范畴。考虑到他口出"敌情"，是母亲田寡妇教唆的结果。所以，在处理田小坡的问题上，给他两条路选择。其一，站在母亲的一边，成为台湾特务的"狗崽子"，让劳动人民再踏上一只脚，永世不得翻身；其二，站在劳动人民一边，与母亲彻底决裂。这个决裂，不光是口头上表决心，而是要付诸行动。

田寡妇想给儿子留条生路。于是，她鼓动儿子，在批斗大会上，可以捆她耳光，也可以找根棍子打她，以表明他与母亲决裂的态度。在田寡妇看来，一个十来岁的孩子，即使是抡起棍子打过来，也不会有多疼痛。

但是，田寡妇没有料到，在那个激情燃烧的岁月里，儿子的斗志异常高涨。批斗大会进入高潮后，田小坡拾起事先为他准备好的一根粗棍子，怒不可遏地冲着母亲的腰部打去。当时，田寡妇就瘫倒在地上了，惨叫连连。田小坡此举赢得台下一片雷鸣般的掌声。

问题是，娘的腰再也直不起来了。

田小坡就此成了可以培养的好苗子。这以后盐河两岸再开"批斗大会"时,田寡妇被人揪着头发押上台时,田小坡却披红戴花,与各级领导像模像样地坐在观摩席上显风光。

直至六年之后,也就是田寡妇死后的那年秋天,田小坡在一个月黑风高之夜,纵火烧了胡大刚家的两间草屋。随后,又把生产队的草料场给点着了……

飞 火

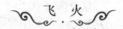
飞·火

沈家正厅，两扇方格雕花木门内镶银色玻璃，用两道交叉着的纸条封上了。二进院的房门也随之被封。等到有人手持封条，准备封其临街的院门时，看到沈家留守的大太太被人押着，从沈宅迎壁墙右边出来了。

此时，大太太身上已没有了往日的珠光宝气，她如今头发凌乱，表情如同昔日丫鬟、姨太们偷睡了她屋里老爷的热被窝一样无奈又凝重。

大太太被赶出沈家大院。这是那个年代，地主老财们应得的下场——扫地出门。

有人指给她前院的马厩，那是她的临时住所。

此时，马厩里的骡马如同他们沈家数以百计的家丁、女仆一样，都被"解放"了。马厩的地面上，残存着骡马踩在粪便上的蹄印，几多散落的豆瓣、草梗和发红变紫的高粱米粒儿，在牛屎马尿中发酵变质，散发出令人作呕的臊臭。

大太太知道她别无选择。

好在墙角有人用砖头木板为她临时支起了一张小床，上面铺了些松软的稻草。想必，这是马夫阿福帮她搭的。这个老奴才，东家大难临头，他还不弃不离，算他有良心。

　　大太太把手中装衣物的包袱扔到床上,随后,一头倒在那吱吱作响的稻草中。大太太几天都没有合眼了,深感疲惫。虽说是净身出户,可总算尘埃落定。她脸朝里墙,任凭外面嘲笑与喧嚣,一概不顾。

　　后来,屋内漆黑一团,大太太知道已经是夜里了。

　　时值深秋,夜凉如水。躲在马厩里的小秋虫,时而在墙角处嘶鸣几声,室外已是万籁俱寂。

　　大太太想到他们沈家的好日子就此到头了。她后悔当初没有跟着老爷一起逃走。听说,盐河北乡推行"土改",许多大户人家的房产、土地都被穷鬼们给瓜分了,个别守财的东家、太太赖着不走,还被拖出去挨了棍棒。

　　大太太想到这些,心有余悸,再无睡意。

　　后来,说不准是什么时辰,她迷迷糊糊地听到墙角处"嘶"的一声怪响。随之,一道火线飞腾起来。只一瞬,那火线又灭了。

大太太一愣,心想:这房子里闹鬼不成? 她正在疑惑中,又传来一声怪响,火线再次升起。

这一次,大太太看清楚了,墙角有人在弹火。

这种把戏,大太太晓得,弹火的人,单手将一根火柴竖在火柴盒的磷面上,另一只手的食指或中指蜷起来,用力一弹,那火柴在弹飞的瞬间燃着,且能带着火光飞得很高、落得很远。

大太太纳闷,此人想引火烧死她吗? 还是在试探她,趁她入睡后强暴或打劫她? 颇有城府的大太太,躺在那儿一动没动,她倒要看看那个弹火的人,到底想干什么。

这时,只见那人慢慢地猫起身,蹑手蹑脚地一步一步靠近了大太太,就在那人双手伸向大太太时,她下意识地大吼一声:"谁?!"随之本能地抓过床头的包袱,重重地砸过去。

那人是个贼,他是来偷大太太包袱的。但他万万没有想到,大太太竟此时还没有入睡。更巧的是,大太太在怒吼中,把他想要的包袱扔过来了。那贼人,虽受到一番惊吓,却也正中下怀。他得了包袱,狡兔一般,转瞬消失得无影无踪。

惊魂未定的大太太,猛然醒悟——她包袱中藏着沈家的地契。刚才一怒之下,被她当作解恨之物掷向了那个贼人。

这可如何是好?

大太太左思右想,忽然想到刚才那个贼人,像他们家的老奴才阿福。尤其是他跑动的脚步,极像!

这个老东西,表面上装作忠厚老实,还假惺惺地帮她支地铺呢,原来是奔着她的钱物来的。她包袱里确实有一点儿散金碎银。这事,只有阿福知道;再者,阿福具备弹火的条件。那时期,穷人都用火镰打火,唯有财主家的老爷少爷,或是在财主家做活儿的长工才拥有火柴。大太太分析后料定,那个贼人就是阿福。

天亮后,大太太捎信让阿福来。

大太太不动声色地试探阿福，说昨夜她遭到贼人算计，抢走了她的包袱。说这话时，大太太将下手上一枚戒指，递给阿福，说："你去给我打探一下，看看是谁偷走了我的包袱，里面的银子我就不要了，我只要那几件过冬的棉衣。若能讨回来，我耳朵上的坠子也摘给他。"

阿福低着头，半天没敢看大太太。但他答应去帮大太太打探那个偷包袱的贼。其实，那贼人就是他自己。

大太太让他把戒指拿上，阿福推辞不要。

大太太说："这不是给你的，是给那个偷我包袱的贼的。"大太太说，金银在她身上已经没有多少用处，她只想讨回那几件过冬的棉衣。要不，她怎么捱过寒冷的冬天？

大太太这样一说，阿福半推半就地把戒指收下了。

阿福到家，如此这般地与婆娘一说，鬼精的婆娘眼珠子一转，感觉大太太包袱里有玄机。否则，她不会重金讨要那几件看似很平常的衣服。于是，夫妻两人左翻右找，终于在一件马甲的隔层里找到了沈家的地契。

那一刻，阿福两眼放光！他似乎觉得，他马上就是大东家了，很快就会拥有良田千顷，妻妾成群，从此过上荣华富贵的好日子。阿福两口子立即找了个坛子，把沈家的地契深埋在自家的床底下。

不料，时隔不久，阿福私藏沈家地契的事，被人告发了。原本想荣华富贵的阿福，一夜之间沦为地主老财的帮凶，成为万众唾弃的阶下囚。

其间，阿福的族人，为阿福的罪状鸣不平，曾三番五次地向上级反映，均未如愿。

新中国成立后，编撰《盐区志》的专家学者透出实情，说当年阿福偷窃沈家地契一事，并非民间传说的那么神乎其神。事情的真相是：沈家大太太在紧急关头，料到她要净身出户，自身难保，便故意设下一个盗局，示意她家的老奴才阿福前去行窃，以便更加稳妥地保存好沈家的地契。

这就是说，沈家地契之事，连累到阿福，一点儿都不冤枉他的。

歪 嘴

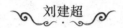

刘建超

闷子的大名,老街知道的人不多。提起歪嘴闷子,却是家喻户晓。

闷子从小是个老实疙瘩,三棍子打不出个屁来。据说有次闷子的父亲抱着他回姥姥家,个把钟头的路程,闷子一声不响。姥姥家住城西,一进门儿,老太太慌着掀开被头,先看到孩子的一双脚丫。粗心的父亲居然将他大头朝下抱了一路,闷子都没吭气儿,把老太太心疼坏了。闷子八岁那年,家人与街上的地痞结了怨,一个风高月黑夜,地痞翻墙入院,当着闷子的面把他父母捅了。地痞本想斩草除根,把闷子一起做了,但看到闷子老实巴交那熊样,就没下手。老实还让闷子捡了一条命。

此后闷子在老街吃百家饭长大,坎坷经历与世态炎凉,把老实巴交的孩子锤炼成油嘴滑舌的话篓子,见啥人说啥话,啥话都能说好,啥话也都能说歪。歪嘴在老街便有了名声。

那年,有个乡下女人来寡妇黄花的杂货店买玉米种子,是"多产一号"还是"多产二号",一时分不清楚了。

闷子正好路过,上前扒开两个麻袋看了看,指着一袋说,这个就是"多产二号",没错。

乡下女人将信将疑:"俺那儿可是山区,种错了不出苗,俺可得找你。"

闷子拍着胸脯："没说的，如果卖错了，你来吐我一脸狗屎我都不擦。"

过了几个月，女人找上门，说："种子拿错了，苗出不齐，也不壮。"

闷子把脸挺到女人面前，说："吐，吐吧！"

女人刚想吐，忽然自己捂着嘴笑了："你说这人嘴里怎么可能吐出狗屎。这不是骂人吗？你该不会是老街那个闷子吧？"

闷子说："正是正是，那天不也是怕耽误你买种子播种吗？不管一号二号，种到地里能收庄稼就得了呗，能差到哪儿去呀！"

终了，还是黄花寡妇赔了人家一些钱了结。

老街从西门有条近道可以出城，这是人们图方便踩出的一条土路。西门附近有个郭家，想把自家东边的地开了种菜，就把出城的便路给刨了。老街人生气，可郭家人口多，不讲理，大家敢怒不敢言。闷子知道了，就去了西门。走到一半，果然见路被刨了，郭家几个兄弟拿着锄头正刨地呢。

闷子上前和郭家人搭讪："忙着呢？"

"忙着，歪嘴，去哪儿啊？这路不通了，拐吧！"

闷子打着哈哈说："我心里有事，急啊，抄个近路。"

"急也不中，这地俺家准备种菜呢。"

闷子说："兄弟，我真是急。我那王八蛋羔子，前两天去他叔家把他叔的一个古瓷盘给碰碎了，他叔一急就给了孩子一巴掌。这王八蛋羔子竟然骂他叔，跑回来了，我这不是急着去赔礼道歉嘛。你说说，这么近的亲戚不得常走动走动，哪能让这王八蛋羔子把路给断喽？你说是不是？"

郭家兄弟等闷子走远了才反应过来，说："闷子光棍儿一个，哪来的孩子？他这不是骂咱在断路吗？"

贸易公司老板陈傲同女司机混一起，把乡下的媳妇给休了，给老街挨家挨户下喜帖，让大家随礼，老街人都背后吐唾沫。

寡妇黄花对闷子说："你那张见天嘴叨叨个没完，你要真有本事，就在陈傲的婚礼上骂他一顿，给咱老街人出出气。"

闷子不屑地说:"那还不和放个屁一样容易。只是有个要求,我要是真骂了他,你陪我睡一宿。"

"呸,你个死歪嘴,不怕雷劈了你。你要是真敢骂了那家伙,你的份子钱我出了。"

陈傲的婚礼在公司大院摆开了八十多张桌子。陈傲和胖新娘挨桌敬酒,来到老街人桌前,陈傲已有些醉意了。闷子从桌子下面一只编织袋里,提溜出一只绿王八,说:"陈主任,这是我送你的礼物,大补啊。"

有人说:"闷子小气,要送也送一对啊,怎么只送一只?"

闷子摇着头说:"邪门,今早起我就去潺河里捉王八,不一会儿就捉了半袋子王八。我背着走啊,走啊。没有想到这一袋子王八真是沉噢(陈傲);不中,我就扔了一个王八,还是沉噢;我再扔一个王八,还是沉噢;我一次扔掉

两个王八,轻了没有? 没有! 扔掉两个王八照样是沉噢,最后就剩下这一只王八了,还是沉噢,我真是不舍得扔了,它就是再沉噢,我也得把它给背来。"

大家都听明白了是怎么回事,可都忍着不敢笑,只有陈傲的胖女人没弄明白,看着闷子问:"不会吧,就这么个小王八,怎么会沉噢?"

人们终于忍不住,痛快地大笑起来。刚伸出头的绿王八,吓得又把头给缩了回去。

咿 呀

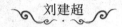

刘建超

夏花十三岁考上了老街戏校。

夏花的模样好看,身段漂亮,在一群孩子当中格外显眼。几年过去,唱念做打四门功课孩子们都基本掌握了,成绩好的还去老街剧团参加演出了,唯有夏花的唱功总是上不去。老师说夏花的嗓音先天不足,出不了宽音。老师让夏花离开学校,改行算了。

那晚,一轮圆月挂在丽景门的檐角。学员们都跟着老师去剧场看名角梨花白的《红娘》,夏花没心思去,独自在梨树园里徘徊,听着远处剧场隐约传来的叫好声,想着自己多年的努力要付之东流,泪水朦胧了月光,情不自禁地喊出一声:咿——呀——

夏花的这一声咿呀,透过梨园在丽景门上回荡,惊到了正在丽景门上品茶赏月的老街戏霸洛半城。洛半城是老街剧团的团长,有名的铜锤花脸,唱功了得,嗓音响亮,粗犷豪放,唱花脸能声穿半个洛阳城,故而被称作洛半城。洛半城下得丽景门,来到梨园,看到了月光下发呆的夏花。

"小姑娘,刚才可是你在练声?"

夏花认得眼前的洛半城,怯生生地点点头。

"来,你再喊一嗓子。"

"咿——呀——"

洛半城兴奋地拉起夏花的手说:"走,去剧场。"

剧场里的《红娘》已经接近尾声,懂戏的人都知道,最后一场戏已没什么高潮,不少观众开始起身早退,剧场里就开始嘈杂凌乱,饰演崔夫人的演员最怕这个时段上场。

洛半城让夏花在内台喊,夏花也不怯场,放开嗓子:"咿——呀——"

嘈杂的场子立刻被这一声给镇住了,这本是戏里没有的啊,而这一嗓子清脆悠扬,韵味十足,戏迷们虽然一头雾水却也齐声叫好,掌声雷动。演出结束,演员几次谢幕,戏迷依然不走,叫好声不断。洛半城急忙把发愣的夏花推到台前,夏花头一次面对老街这么热情的戏迷,不知所措,只得又喊了声:"咿——呀——"

夏花就这样进了老街剧团。

在剧团里，夏花就是个跑龙套的。但是只要戏开场，必有夏花的一声"咿——呀——"，乱糟糟的剧场顿时就能安静下来。洛半城对夏花说："一个演员，除了唱就是念，观众认可你的一声咿呀，这也是最高赞赏了。有人唱一辈子戏，观众也记不住他一句。你这一嗓子，值了！"

夏花就凭着一嗓子在剧团里待了十年。夏花出落得更加俊俏了，团里团外追求夏花的人不少。团里唱武生的祥子模样一般，是洛半城的徒弟，死缠烂打地把夏花追到了手，洛半城是他们的证婚人。

老街的生意场越来越红火，老街剧团的光景却一年不如一年。祥子在外地演出时出了意外，翻跟头掉下了舞台，两条腿失去知觉，坐在了轮椅上。几年后，剧团解散，夏花也没啥着落，报了个中医按摩班，每天都要给祥子泡脚按摩。

洛半城来看望祥子，夏花正给祥子按摩腿脚。洛半城看着夏花娴熟的手法，建议夏花开家浴足店，反正每天要给祥子按摩，开个店还能维持生计。祥子虽说不情愿，可眼下也没什么能做的事情。

夏花的浴足小店还真开起来了，店名更有特色：咿呀浴足。

小店生意挺好，许多顾客都是夏花和祥子的戏迷。也有来使坏的人，泡脚时，说些挑逗的话，讲些让人脸红的段子。夏花只管做活儿，不搭理。有人做足疗时，故意抬脚往夏花的身上蹭，夏花就加重手法，疼得那人嗷嗷叫。夏花说，这儿是心脏反射区，先生你的心可是有毛病哩。

送走了客人，夏花打水给祥子泡脚，祥子气呼呼的，怪夏花对不正经客人太迁就。夏花给祥子捏着脚，说："来的都是客，他们有他们的想法，我不当真就行了。客人们的脚哪能都一个尺码？"

祥子掀翻了水盆，水溅了夏花一脸一身。夏花没生气，她知道祥子心疼自己，心里憋屈。待夏花收拾停当，已是午夜。

夜色静谧，秋风习习，弯月如钩。夏花揉揉酸胀的臂膀，扭扭僵硬的腰

身,望着无际的星空,轻轻叹了一声:"咿——呀——"

夏花第二天就关闭了小店。夏花说:"我不能让祥子心里不痛快。"有人帮忙,让夏花在车站的候车室里摆个书报摊,虽然赚钱不多,夏花却干得蛮带劲。春节前,车站人格外多。一个抢劫犯被警察追着,躲进了人多嘈杂的候车室。夏花听说了事情,起身站到了放报刊的书柜上,亮亮地吆喝一声:"咿——呀——"极具穿透力的声音,立即让杂乱的候车室安静下来,旅客还以为又是什么快闪活动呢。警察也逮住了正躲在柱子后面喘粗气的抢劫犯。

旅客知道了事情的始末,用掌声鼓励夏花,候车室里响起了"咿呀——咿呀——"的赞扬声。

对台戏

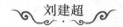
刘建超

老街戏园子还真的来了一个敢唱对台戏的戏班子。

老街的戏园子据说建于明初，是一座雕梁画栋的木质二层楼。在古戏楼的对面，还有个土石搭建的小楼，是专门用来唱对台戏的。动荡的年代，古戏楼被砸毁，那土戏台被当作群众聚会的场所保留下来。后来，在古戏楼的遗址上，老街重建了新戏楼，虽然赏心悦目，却少了古朴厚重，令人扼腕。老街戏迷之间经常有打擂，唱个对台戏取乐，但是在戏园子里真的鸣锣打鼓唱对台戏的事情还没有发生过。

敢来老街唱对台戏的是豫北的赵家戏班。老街的戏班子不仅在豫西，就是在几个邻近省份都是享有名声的。想来老街找台口的，一般都是趁着老街剧团去外地演出，来打个时间差就走。老街人好戏，票房好，可是只要"地头蛇"在盘卧，外地的戏班子是不会来缠事的，老街剧团也就生出些傲慢来。

赵家戏班子班主赵大大中等身材，精明干练，唱武生出身，也是年少出名，在豫东是叫得响的角儿。赵大大带着戏班子走南闯北，唯独没有来老街风光过。这次要在老街硬碰硬地唱个对台戏，争个台口，也是硬了腰板咬了牙的。

在老街唱对台戏也是有讲究的。唱对台戏的班子只能在老街戏园子的土戏台上演出，而且出演的剧目也必须同在戏楼里上演的曲目一样，两个台

子唱同一出戏，一周时间，谁赢得的观众多谁获胜。土台子获胜则进戏楼演出，土台子失败则卷铺盖滚蛋。两者的演出环境优劣分明，在土台子上演出本身就先败了一节。

赵家班也是打听到了，老街剧团正在上演《武松》，这也正是赵大大的拿手戏，所以才敢来老街剧团叫板。

支起戏台，赵家班开演。赵家班唱了两天，上座的人不足两成。赵大大开始上火，嘴上起泡。一大家子人支起摊子，吃喝拉撒的开销不说，如果就此收场，赵家班的名声就如撒到地上的浆面条，拾掇不起来了。赵大大茶饭不思，唉声叹气。

管事的来找躺在床铺上愣神的赵大大，说是来了个打炮的，自称能帮咱赢下台口。豫西一带把没有在戏班子里挂名，靠去别的戏班子客串一把混口饭吃的艺人称作打炮，意思是放一炮就走，这种人往往会有某方面的绝活儿，所以戏班子也都是好吃好喝地供着。

进来的是个中年人，看着也不是很精神，低着头，垂着脸。

赵大大上下打量着来人，问："有绝活儿？"

中年人声音慢慢地应着："到时候看呗。"

赵大大对管事的人说："吩咐伙上，中午吃小酥肉。"

中年人在戏班里吃了两天，也不提登台的事。总是说别急，别急，不到时候。

第六天，赵大大找到中年人说："你这一炮也该放了吧？明天再争不下台口，我也没有闲钱伺候你这位爷了。"

中年人点点头说："中中，今晚就上场。"

赵大大问："那你唱哪出啊？"

中年人说："武松打虎。"

赵大大眉毛一挑："武松打虎？你演啥？"

中年人闷着声音说："老虎。"

赵大大差点儿气歪了鼻子："你就会演个虎型？"

赵家戏班人听说来打炮的人好吃好喝两天了，就会演个虎型，便都骂骂咧咧起来。

中年人也不计较，早早地扮好了装束，等在台后。

台上的武松美酒微醺，踉踉跄跄地来到景阳冈，醉卧山石旁。老虎上场，看到武松并不急于攻击，而是左扑右跳挑逗武松，完全没有按着套路出牌。饰演武松的赵大大那个气啊，原来这打炮的还是个棒槌啊。

武松抓住了老虎，挥拳朝着虎头打了三下，这三下可不似以往的假打，赵大大把这些天的闷气都发泄在这三拳上，打得结实。赵大大刚摆出个亮相的姿势，老虎竟然又活过来了，武松吃了一惊，追赶过来，飞起一脚，不料，老虎一转身躲过，顺势屁股一撅，竟然把武松撞下了台。老虎来到台边，晃着脑袋，伸出虎爪招呼武松上台。

台下哄笑成一锅粥。

武松一个筋斗翻上台，骑上虎背又是三拳，老虎终于消停了。

台下掌声叫好声响成一片。

第七天，土台子看戏的观众爆满，老虎把武松撞下台的创意戏份得到了老街人的认可，赵家戏班子赢了，挪进了戏楼，连演二十场，场场爆满。赵家班在老街打赢擂台成为一段佳话。

在赵家戏班子打炮的中年人，谢绝了戏班的挽留，一分份子钱都没拿就走人。看管戏园子的老师傅眼尖，说："那不是退了位的老街剧团的团长洛半城嘛。"

洛半城为何帮着外地戏班子赢了戏，谁也说不清楚。从那以后，老街剧团排练得更认真更讲究了。

赵家戏班子再也没有来老街戏园子演过戏，但是每次赵家戏班子路过老街，都会在土台子公演一场，以谢洛半城当年相救之恩。

洛半城从来就不承认有这么回事。

天下第一匠

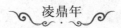

凌鼎年

朝廷张贴皇榜,皇上重金聘请能工巧匠,想要设计并筑造独一无二的天下第一皇宫。坊间传言:一旦宫殿竣工,还将御选天下第一匠人。朝野上下都为之轰动。

娄城的古庙镇就有多家世代以造房为生的。其中出类拔萃、名声在外的是骆家。当地官府、大户人家建造宅院,或造庙造牌楼造祠堂等重要建筑,无不请骆家出山。骆云天是骆家的第六代传人,建筑界公认他技术青出于蓝而胜于蓝,已超过其父亲。见了皇榜后,骆云天心里痒痒,跃跃欲试,准备前去揭榜应试。

老父亲知道后,坚决不让去,说:"听为父的绝没有错,要不到时你想吃后悔药都没有地方吃。"

骆云天无法理解父亲,他在想:"父亲在担心什么呢,怕我技艺不精,造不好宫殿,被皇上怪罪? 或者……"

外界传言:老糊涂,这建功立业、扬名立万的机会一辈子能有几回,不让去岂不阻碍了儿子的大好前程?

骆云天不听父亲劝阻,执意要去。

"儿啊,你好好琢磨琢磨独一无二这四个字,这是催命符啊。你一定要去,我再拦你,就是对皇上不忠。去吧,可我们父子从此无缘再见面啰!"父亲很是伤感,举起酒杯似乎在喝诀别酒。

"这是什么话,儿子又不是去上战场,即便是上战场杀敌,是否战死沙场、马革裹尸也说不定,更不是去入伙梁山,干那打家劫舍、杀人放火的事。我是去为皇上造宫殿,做名留史册的大好事,怎么会见不了面呢。"骆云天很不理解。

骆云天凭着自己的设计才能,设计出当时最大最豪华的宫殿,他的设计渗透了阴阳五行、天人合一、皇权至上至尊的理念。皇上对中轴线、天际线、几何对称、高墙深院、翼角高翘、重檐庑殿,五脊四坡、宫阙、抱柱、藻井、斗拱、彩绘、金砖、脊兽、琉璃瓦、汉白玉雕栏、多重台基、整石铺地等设计,都颇为满意。御花园因地制宜,随地赋形,有山有水,曲径通幽,可谓美不胜收,确乎前无古人,于是皇上金口玉言,一锤定音。骆云天就此脱颖而出,成了工匠中最大的赢家,被工部委任为督造主管。

春来秋去,树叶绿了黄,黄了绿。骆云天吃在工地,住在工地,没日没夜,真的是兢兢业业,异常辛苦,皇宫终于造好了,金碧辉煌,美轮美奂。皇上也认为此宫乃天下第一,无与伦比。皇上想:从此以后,这宫殿天下第一,我这皇帝也是天下第一,百分之百要载入史册,扬名千秋的。皇帝心里那个爽啊,遂赐名"太宇宫"。

皇上唯一纠结的是,骆云天会不会再造出更宏伟更气势更漂亮的宫殿。

竣工那天,皇上封骆云天为工部侍郎,赏御酒一坛,黄金百两,丝绸千匹,并亲笔题写"天下第一匠",刻匾赐予骆云天。对一个匠人来说,这等荣耀,古今罕见。

骆云天高高兴兴,衣锦还乡。他要让父亲看看,儿子出息了,儿子功成名就了,儿子荣归故里了。他要让父亲知道,以前是父亲杞人忧天,没有必要的。骆云天想好了,回到娄城,好好庆贺一番,有了皇帝老子御笔御赐的匾额,那不仅光宗耀祖,还可荫及子孙。以后开堂收徒,一定把这营造技艺

传承下去,发扬光大。

在回娄城的半道上,要经过一片树林,那一带人迹稀少,唯有树林边上的一家客栈,骆云天决定先歇住一晚,第二天天一亮就早早赶路,抓紧时间穿过树林。进去后才知道,整个客栈冷冷清清,除了他们,没有其他投宿的客人。

那一晚,厚云遮月,天黑得彻底,寒风呜呜地刮着,鬼哭狼嚎一般。子夜时分,几个黑衣黑裤黑鞋的蒙面人突然闯入客栈,见人就杀,一个不留,动作快捷,干净利索。杀人后,立马撤走,无影无踪。

等官府发现,已是三天后的事,仵作验尸后,发现全部是一刀毙命,且金银财宝并没有掠去,捕快认为杀人者武功高强,不像江湖人士仇杀,也不像草莽盗贼所为,反倒像高手所为。因为杀人者几乎没有留下任何有用的线索,查来查去,也没有查出个所以然,最后只好不了了之。

谁也没有想到,那天晚上竟然有一个侥幸活命的,他是骆云天带到京城的一个匠人阿杉,他系骆云天父亲的徒弟。那晚他拉肚子,半夜去茅房拉屎,刚拉完穿好裤子准备回房睡觉,就遇上了杀手,吓得他躲在茅房大气不敢出。天亮后,他看到骆云天等都死了,连报官也忘了,慌不择路地一个人急匆匆逃回了娄城。

逃到娄城古庙镇的阿杉,先到了骆云天家,结果意外发现厅堂里供着骆云天的牌位,白布白幔,好像是在为骆云天办丧事。阿杉奇怪了,京城与娄城远隔千里,就算飞鸽传书也来不及通知啊,师傅他们怎么知道的?难道师傅能掐会算?

阿杉一把鼻涕一把泪地讲述了骆云天被杀的大概过程,问师傅要不要报案。

骆云天父亲摆摆手,面无表情,如老僧入定。沉默片刻后他说:"意料之中,意料之中啊!"

锄　奸

凌鼎年
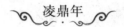

　　锄奸队长耿三楞，五大三粗，虎背熊腰，是个嫉恶如仇，说一不二的人物。自从娄城的鲁书记任命他为锄奸队长后，他多次出色地完成任务。凡是名单上的汉奸，短则三五天，长则个把月肯定去阎王爷那儿报到。惹得那些汉奸胆战心惊，不知自己的小命哪天会被耿三楞拿去。

　　耿三楞从小学武艺，练得一身好功夫，翻墙上屋，轻轻松松，如今又练得一手好枪法，不说百步穿杨、百发百中，至少指哪打哪没有问题。他觉得当锄奸队长，自己这一身武艺一腔抱负，有了用武之地，有了施展平台。他沉浸在铲除汉奸，保家卫国的兴奋中。

　　不到两个月，耿三楞把名单上的娄城汉奸都一一送上了西天。

　　有天，他去邻县的鹿城，正好看到鹿城太和株式会社成立仪式，锣鼓喧天，鞭炮齐鸣，社长竟然是个中国人，两边站着日本人，一个还穿着军服、佩戴军刀。耿三楞一看就来气了，他妈的这不是地地道道的汉奸吗？一打听，社长叫朴绵海，鹿城日本人的第一红人，生意大着呢。

　　耿三楞这次到鹿城的任务已经完成，但他想既然撞见了，就搂草打兔子，顺手把这姓朴的也解决了，反正汉奸人人得而诛之。耿三楞等到仪式结束，日本人走了，庆贺的人散了，瞅准机会朝姓朴的当胸就是两枪，估计一枪

就毙命了,两枪是双保险。耿三楞得手后迅速离开现场,回到了娄城。

回到娄城的耿三楞情绪极好,因为击毙了鹿城大汉奸朴绵海,让开张伊始的太和株式会社开门即关门,痛快啊!他回家喝起了小酒,哼起了小调。

三天后,娄城的地下党书记老鲁紧急召见耿三楞,说要布置新的锄奸任务。耿三楞兴冲冲而去,刚想开口炫耀自己在鹿城的壮举,但见鲁书记一脸的严肃,话到嘴边咽了下去。

老鲁说:今天说两件事,一个好消息,一个坏消息。先说坏消息,邻县鹿城的朴先生乃我党重要的领导人,三天前不幸被暗杀,这是我们苏南地区地下党组织的重大损失,组织上正在查找凶手。奇怪的是朴先生既然暴露了,日本人为什么不抓他,顺藤摸瓜?组织上怀疑可能是中统特务所为。

耿三楞听得心惊肉跳,难道他杀的不是汉奸而是党的领导?他晕了。他想对鲁书记坦白,和盘托出,但就是不敢实说,只问了一句:"那姓朴的不是大汉奸吗?""不,是潜伏的,打入敌人内部的。他的作用比我比你都大得多。"老鲁很心疼地说道。

再说一个好消息:上级对耿三楞铁血锄奸很欣赏,嘉奖耿三楞,记二等功一次。耿三楞脸红了红,想想在鹿城的误杀,羞愧万分。他想说能否嘉奖不要了,算功过相抵,可开不了口,更怕老鲁误会自己。算了,闷在心里吧。

最后,鲁书记下了最新的锄奸令,命令耿三楞在明天天亮前务必除掉娄城医院的洪医生。耿三楞这回真的愣了。洪医生不是自己人吗?上次,那些盘尼西林等管制的药不就是他设法弄来的?还有上个月,受伤的林哥,不就是他帮助取出子弹头,才捡了一条命的?

鲁书记以一种命令的口吻说:"你中有我,我中有你,这就是斗争的复杂性。不需要你弄懂,只要你服从党的命令。去执行吧!"

这回,耿三楞没有像以往那样爽快地接受任务,而是犟犟地说道:"给我一个杀洪医生的理由,我不能错杀无辜。"

鲁书记以吃惊的眼光看了看耿三楞,说:"据可靠情报,洪医生毕业于日本京都帝国大学,已被日本情报部门收买,他借助医生的外衣,收集了娄城地下党的重要情报,准备明天去梅机关汇报邀功,如果他去了上海,将会造成我党重大损失。你这次任务,只许成功,不许失败!"

耿三楞想不通,既然洪医生被收买了,为什么不向娄城的日本人提供情报,而要舍近求远去上海的梅机关呢。不过这种想法在他脑海里只一闪而过,既然组织下了锄奸令,今晚就必须完成任务,哪怕舍出自己性命。

当然,以耿三楞的身手,干掉一个医生,那真是小菜一碟,他轻松得手。

秋天的时候,鲁书记一次外出,不慎被抓。上级指示耿三楞:不惜一切代价,设法救出鲁书记。耿三楞去踩点后,发现日本人的看守很严,凭他耿三楞锄奸队的几个人,要想从日本人的大牢里营救出鲁书记,实在没有把握。如果灭口,那倒有可能做到。

鲁书记是自己的直接领导,必须救! 就在耿三楞与手下商量营救方案时,上级新的指示又来了:老鲁已叛变,务必除之! 这变化实在太大了,向来大大咧咧的耿三楞不知怎么应对才好。

　　杀还是不杀？不杀，哪怕晚一天杀，都有可能造成整个娄城党的地下组织的覆亡；杀，老鲁会不会假叛变，在争取时间，让娄城地下组织的人员有时间转移、隐蔽？这些都有可能啊，经历了误杀以后，直肠子的耿三楞做事多了一个心眼，可眼下的事真的让他很难判断。在准备执行锄奸任务的那个晚上，他在房间里不断地抓自己头发，迫使自己下最后的决心。

劁猪的老庞

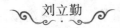

刘立勤

　　每到春天，冬天里逮回来的小猪就会翻圈，羊也会跑栏，家家户户都期盼着老庞的到来。我听说猪翻圈、羊跑栏是因为发情的缘故，叫老庞干什么呢？大人说，老庞是劁匠，老庞来了猪呀羊呀就不发情了，就会安安静静地吃，安安静静地喝，安安静静地长肉。发情不发情我不管，我喜欢吃肉，我喜欢猪呀羊呀长得肥肥胖胖的，锅里碗里都会有好吃的肉。我们小孩子也开始盼望着老庞的到来。

　　老庞终于来了。没想到老庞是个三十多岁的汉子，清癯，儒雅，很像镇上医院看病的医生。老庞说话也很儒雅，来到门前也不进门，只是轻声喊一句："听说你家有一个活儿要做？"

　　这时，大人就会接过话来，说："就是，就是，等你好长时间了。"

　　老庞顺势坐在院里的凳子上，然后从腰间掏出一个猪腰子一般的盒子。打开，我们就看见了一把铲形的刀子。这时，主人家已经把那跑花翻圈的猪逮来了。老庞熟练地把猪踩在脚下，麻利地在猪的后腹开一个小口，接着又用刀的后柄伸进母猪的腹部拉出一截东西，回手切了下来，丢给闻讯而来的黄狗。最后，老庞用针线缝合了伤口，再往伤口上唾一口唾沫，脚一放松，猪就走到墙角休息去了，活儿也就结束了。整个过程不过三五分钟。

老庞做完了活儿，主人家就会端来一盆净水，他用水洗了刀，净了手，然后就坐在凳子上抽烟。抽完了一袋烟，猪停止了叫唤，老庞拍拍屁股就走了。

老庞做活儿不拿现钱，他大多是等着秋后或者冬天了猪壮了肥了甚至是卖了杀了才收钱。他这样做是为了证明自己的活儿做得干净。其间，如若主人家的猪被狼叼了或者病死了，他是不收钱的。他说猪都没了，活儿也就没了，咋好意思收钱？可见，老庞是个厚道之人。

老庞不仅会劁猪，还会骗羊。骗羊很简单，一般的劁匠都会。可是，老庞会骗鸡。

骗鸡也叫阉鸡，就是给公鸡去势。说白了和劁猪骗羊一样，就是给这些倒霉蛋做绝育手术。老庞骗鸡基本上都是下刀不见血，速度非常快，几秒钟就能完成手术。小鸡站起身，没事似的就走开了。此后，公鸡再不打架，也不和母鸡调情，整天在土里刨食，照顾别的小鸡。过年的时候，餐桌上就会有一道美味等着我们品尝。

老庞最厉害的手艺应该是骗牛了，骗牛是一件很危险的事情。试想一下，要骗的牛都是公牛，身强体壮力大无穷，而且凶蛮暴烈能伤人害人，人们才要骗它，去它的势。我记得看过一次别的劁匠骗牛，那真叫惨烈呀。还记得那个场景：饲养员趁着公牛吃料的时候，悄悄地绑住牛脚，然后四个壮劳力把牛拉倒，按住。这时，劁匠会用一个木槌用力击打牛的阴囊。在牛的挣扎和嚎叫声中，直至把牛的睾丸打融，才算结束。手术结束后，那牛十多天都不能行走。

老庞骗牛我也见过，真的非常简单。那是老潘家的牯子牛，力大性烈，不仅在路上追人伤人，而且经常撞击老潘。那次伤了老潘后，老潘就把老庞请来了。老庞虽然来了，可那牛依然烈性不改，横冲直撞。只听老庞大吼一声，那牛立刻停住暴跳的蹄子。老庞走过去，拍拍牛的头颅，接着在牛的后背上用力拍了两巴掌。然后，老庞又从腰间掏出那个猪腰子一般的盒子，取出那把铲形的刀子，极快地完成了手术。待老庞洗了刀子，净了手，老潘的牛已经能轻快地走了。自此，那牛没了暴性，一身的蛮力都用在耕田拉磨上。问及老庞咋有这么大的能耐时，老庞说自己有千斤掌。千斤掌是什么？没有人懂得，只知道老庞有着一身的好本事。

老庞虽然有一身好本事，走到哪里都吃香的喝辣的，可劁匠终究是个卑贱的职业，日子过得很不顺溜。你看，老庞都三十多岁了，还娶不来一个媳妇，眼看着就要打光棍了。还有人刻薄地说，这劁匠的活儿干不得，你绝了那么多畜生的后，老天就会绝了你的后。老庞一笑说："我是行善呢，我给那畜生做了手术，多少生命避免屠杀之苦呀！"

也许真是行善之举，也许是他为人厚道吧，老庞三十六岁那年娶了一个年轻漂亮的老婆。第二年，老婆就给他生了个儿子，后来又给他养了一个女儿。老庞呢，也就更忙了，忙着劁猪，忙着挣钱，忙着供孩子上学。如今呢，儿子大学毕业，已经当上一所中学的校长了，老庞有了孙子；女儿也成了家，是市里医院妇产科的大夫。

老庞呢，已经六十多岁了吧，日子过得幸福得不得了。可是他依然经常外出干着自己的行当。儿女老伴儿劝他歇手，他一脸幸福地说，有人等着呀。是呀，遥远的乡下，到了春天猪翻圈、羊跑栏的时候，家家户户依然期盼着老庞的到来。

法医李炎

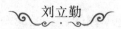

刘立勤

李炎是医科大学的高材生,不知是怎么的,却当了公安局的法医。

法医的收入怎么能和医生相比呢?待遇也是不能比的。人们见了医生都是热情握手,见了法医呢,大多数人都会把手插在裤兜里,或者背在身后避免握手,如果实在碍于情面和法医握了手,他们也会立刻赶回家中,一遍一遍地洗手。李炎不在乎这个,你伸手了我握,你不伸手了我也懒得搭理你。但李炎的妻子在乎,一遍遍劝李炎改行当医生,还撺掇几家医院上门邀请李炎加盟。李炎犟,他决定的事情十头牛都拽不回来。妻子也不是善茬儿,一天天地闹。闹得李炎急了,说:"再闹我们就离婚。"妻子知道李炎的脾性,翻翻白眼终于歇了口。

李炎做事精心细致,一是一,二是二,很少有人置疑他的鉴定结果。当然,不是所有人都信服他,也曾经有人对他表示怀疑,还请来北京医科大学的几个博士生导师复查他的勘验结果。结果证明李炎是正确的,博士生导师对他精致的手艺和高度的敬业精神赞不绝口。李炎笑笑说:"我不敬业都不行啊,我的鉴定结果真的是太重要了。"

他的鉴定结果真的很重要。因此,找李炎的人很多,他们拿了很贵重的礼品,希望李炎笔下留情,要么多写两个字,要么少写两个字,希望法律的天平能够多多关爱自己或者自己的亲友。

李炎是一根筋,一是一,二是二,多一个符号他都不会写。

妻子朋友的孩子和人打架,朋友家的孩子被打得遍体鳞伤。派出所验伤结果是没有构成伤害,妻子找到他,意欲让他重新鉴定,弄个轻伤,教训教训对方的孩子,或者让对方赔付一笔钱。妻子还说那孩子前不久鼻梁骨折过,定他个鼻梁轻度骨折,神不知鬼不觉。他硬是不干,妻子半年都不理他。

还有一次,外地一个大老板来考察投资,醉酒后和一个本地小混混儿发生冲突,小混混儿打了那老板两拳头。这还了得? 老板计划投资五个亿不说,还是县领导的哥们儿,领导一个电话让公安局抓人。凭什么? 得凭李炎的鉴定结果。而李炎的鉴定结果证明,那两拳头没有构成伤害。局长不高兴了,让李炎写成伤害。任局长怎么游说,李炎就是不答应。

局长说:"这是组织的决定。"

李炎说:"组织的决定也不能违犯法律。"

局长知道李炎的脾气,放下身段说:"你就办了吧。你不为我想,也为县城发展想想吧。五个亿能安排多少人就业,能增加多少税收! 况且要抓的人是一个小混混儿呢。"

李炎说:"他虽是小混混儿,可他没有犯罪呀。法律没有说不保护小混混儿呀?"

局长气得干瞪眼。最后,县里的领导都出面说话了,李炎还是不答应。局长愣是没有抓人的证据。

为这事,大老板放弃了投资,县里的领导气得吐血,好多人都大骂李炎是死脑筋。骂归骂,谁也奈何不了他,还暗暗敬佩他。自然,再有什么不合

法的事了,也就不找他了。倒是有一些无权无势的人会给他送锦旗或者礼品去感谢他,感谢李炎为他们伸张了正义。李炎呢,他说法律不分贵贱贫富强势弱势,法律只讲公正。那些锦旗、礼品他一概不收。

当然,他也不是一次人情没做,他还真是违心地做过一次。

那是一个土豪的儿子,他打伤了一个清洁工。验伤的结果是构成了轻伤,土豪的儿子要负刑事责任。问题是土豪的儿子即将高考,进了监牢可能一辈子就完了。土豪就出了一大笔钱给了清洁工,不仅可以彻底改变清洁工一家的生活,还可以供他两个儿子上完大学。方方面面都认为这是一个完美的结局,希望他改变鉴定结果。

他思考了很久很久,妥协了。他也希望这是一个完美的结局。

谁想到这事平息了,却壮大了土豪儿子的胆子,认为一切都是钱可以摆平的,经常打架斗殴祸害乡里。最后呢,土豪的儿子终于触犯刑律被判了死刑。

土豪的儿子死了,李炎陷入永远的悔恨中。他想,有些事真的不能妥协,如果不妥协,那孩子也许还能好好地生活在这个世界上。

做木活儿的老严

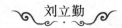

刘立勤

　　那是个黄道吉日,老严开工又给自己做瞌睡笼了。

　　我们那里的老人豁达,把死看得很轻,把死叫瞌睡,也就是中午小寐一会儿,或者夜晚的酣睡。自然地,也就把棺材叫作瞌睡笼,白天瞌睡,或者夜间酣睡的笼子,叫得温暖而有诗意。

　　老严就是一个做瞌睡笼的高手。

　　老严手艺高,不仅仅是做瞌睡笼,还喜欢做仿古家具。他最得意的活儿就是复修云盖寺,他雕刻的神像活灵活现栩栩如生,他做的廊柱威武雄壮珠圆玉润,尤其是寺庙外面木制的卯榫斗拱、雀替、房檐、廊柱、雕花窗格等物件,精巧细致得让人赞叹不已。

　　可惜,做这活儿的机会太少了。好多时候,老严只能做普通的家具,例如给女人家做一个装衣服的箱子,做农家装粮食的柜子,或者挑水的木桶,还有吃饭用的八仙桌。主人家让做什么,他就做什么;做什么,就像什么。

　　当然,他做得最多的活儿还是瞌睡笼。

　　老严说,人一辈子甜也好苦也好,最重要的是要睡好;人这一辈子穷也好富也好,能带走的也就是一个瞌睡笼。

　　所以,老严把瞌睡笼做得最为精致。

老严做的瞌睡笼比别的木匠做得都宽，他喜欢让"睡觉"的人在里面伸得开手脚。老严做的瞌睡笼比别的木匠做的都高大威仪，他希望活着的人看见瞌睡笼，立马对逝者表现出一种敬畏。

老严做瞌睡笼不用钉子，就连木钉子也不用，一律是卯榫。老严是有一点儿文墨的人，他不想让逝者在瞌睡笼有睡针毡的感觉。老严希望逝者平安，他爱在棺材侧面的下沿用木条做一道竹节装饰，既有平安的意思，也使棺材显得灵巧美观了许多。老严还喜欢在棺材大头的挡板上刻一个"寿"字，希望逝者保佑后辈儿孙健康长寿。

因此，请老严做瞌睡笼的人很多。不仅有本村的，还有周边村子的，就连每一任的乡长来了，都会请老严给自己的父母大人做瞌睡笼。

瞌睡笼是人生中最后一件大事，爱好的人家都有一些讲究。先是要看黄道吉日，大多都选在腊月或者正月二月间。选定了黄道吉日，就请木匠，请木匠时会带上水礼；木匠开工了，还要给木匠封红包，讨个吉利；做工期间，还要好酒好肉地招待。遇上爱好又富裕的人家，做完了瞌睡笼，还要做几桌酒席，招待木匠和自家的亲戚朋友。

老严不在乎这些。他不收水礼，不收红包，不喝酒不吃肉，对饭食也不挑剔，但他要吃饱——木工活儿是个费体力的活儿。老严喜欢的是在休息的时候，拉上几把二胡。

老严虽然是一个木匠，他的二胡却拉得好。那还是"文革"期间唱样板戏时，一个老右派教他的。右派是省城来的音乐家，一曲《二泉映月》拉下来，弄得人热泪盈眶肝肠寸断。老严不喜欢这类曲子，老严喜欢拉欢快的曲子，拉得让人热情奔放笑容满面。

老严的二胡拉得真好，有大家风范。记得那一年县剧团送戏下乡，剧团的琴师听说老严二胡拉得好，请他上台拉了一曲。老严那高超的技艺，那入迷的神态，很是让人羡慕。

还是说瞌睡笼吧。人再豁达，做瞌睡笼再重要，但做瞌睡笼终究是一件伤感的事情。特别是女人，有的还躲在灶前抹眼泪。老严不吃烟，也很少喝水，他在干活儿歇息的时候，会拿出二胡，拉一曲《赛马》或者《战马奔腾》，要么是《信天游》或者《纤夫的爱》，把人心底的哀伤一丝丝抽尽，把欢快和喜悦留在人的脸上。

老严给自己做过两次瞌睡笼。第一次是六十岁时，是柏木制成的，那真是高级呀。可村子里的一个孤老死了，没有瞌睡笼，老严把自己的瞌睡笼让给了那孤老。连钱都没有收，守夜时还拉了半晚上的二胡。

第二次是七十岁时，是松木制的。木头虽然不好，可他的做工精巧。谁想在城里打工的小儿子摔死了，他把瞌睡笼让给了小儿子。小儿子不喜欢做木活儿，小儿子喜欢他拉的二胡曲子。那一夜，他给儿子拉了一夜的曲子，竟然拉断三根琴弦。

老严今年八十了，他第三次给自己做瞌睡笼了。山上已没有好木料了，棺板是屋后自己栽的桐木。老严也不做粗活儿了，专门雕刻挡板上的"寿"，暗自期盼后辈子孙健康长寿。歇息时，他又操起二胡拉了起来。这回，他拉的是《好汉歌》，还有《今天是个好日子》《步步高》。春天的太阳照在人身上

暖暖的,二胡拉得人心里也暖暖的。

瞌睡笼终于做好了,老严很是满意。他让家人办了几桌酒席,把村里的当家人都请来喝酒。那一天,老严喝了好多好多的酒,也拉了好多好多的曲子。那些曲子里也弥漫着浓浓的酒气。

不久,老严就瞌睡了,安详地睡在自己的瞌睡笼里。

老严睡得很沉,家人请了一支乐队送他,乐队拉了好多好多老严喜欢的曲子。

匪 歌

陈力娇

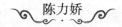

孟类儿被俘，不怪别人，就怪她爸孟买饭。孟买饭是大地主，拥有几千亩良田，几百间房屋，可是他特别抠门儿，土匪三胡子向他要十石粮食，他不但不给，还让炮手轰掉了三胡子的一只耳朵和四五个兄弟，仇就这样结下了。

三胡子有个女儿，叫胡铃铛，和孟类儿同岁，却比孟类儿能做事。胡铃铛这天正在家里练飞镖，看到父亲败北而归，还生生没了一只耳朵，不由得怒火中烧，备好战马去了孟庄。

胡铃铛勇猛出名且足智多谋，战马把她带到孟庄的村头，她的鬼主意就来了。她在一座破庙里简单地变了装，出来时就变成了一个卖针头线脑的中年妇女。中年妇女挎着篮子，上面盖着一片葵花叶子，叶子下是她的盒子枪。叶子上是女孩子绣花的五彩丝线。

眼下正是天将黑未黑的时候，胡铃铛从村西吆喝到村东，不见买线的，却见村口回来一辆马车。胡铃铛迎了上去，对着车上坐着的一个女孩说："买丝线吗？绝好的丝线。"女孩欲要搭话，赶车的老板不让，一甩鞭子，马蹄了出去。

车子经过胡铃铛时，车上的女孩喐起嘴，手卷成喇叭，对胡铃铛说："明

天中午,学校见。"之后还向胡铃铛挥了一下手。胡铃铛看到,她的月白色衣服的袖口里,伸出莲藕一样纤细的胳膊。

有了孟类儿的相约许诺,胡铃铛心花怒放。

学校就在离孟庄不远的王八镇,胡铃铛为自己打了一把破得不能再破的油纸伞,头上围着一个看不出什么颜色的脏毛巾,又把昨天的乞丐服穿上,躲在学校旁的老榆树下乘凉。

中午的时候,一群叽叽喳喳的女孩子来到胡铃铛跟前,她们品评着各色丝线,还有发夹和小镜子,孟类儿就在这群女孩中。孟类儿太喜欢绣花了,她的衣服上,袖口上,鞋子上,到处是她亲手绣的各种各样的花。她绣的花,色彩搭配协调,一朵朵像比赛一样竞相开放。

有那么一刻胡铃铛都痴迷了,她甚至不想对孟类儿下手了,但一想到父亲失去的一只耳朵,新仇旧恨都翻上来了。旧恨就是胡铃铛早就羡慕孟类儿了:她们同岁,孟类儿能上学,她却不能上;孟类儿有心思绣花,她却没心思。她的心思都投到和父亲南征北战上了。

刚才她坐在树下,听学堂里传出来的读书声,她不知读的是什么,却觉得十分好听,十分诱人耳目,只是她一句也不会,一句也听不懂。这会儿孟类儿就在她的眼前,她就问孟类儿:"你们刚才背诵的是什么课文?"

孟类儿手里拿着丝线爱不释手,漫不经心地回答:"《增广贤文》。"胡铃铛说:"你能为我背一段吗,你若背一段,这些丝线我不要钱。"孟类儿不情愿,说:"你就那么愿意听?"胡铃铛说:"我不但愿意听,我卖了这些丝线,也要上学堂。"

此刻上课的铃声响了,其他女孩子一哄而散,只有孟类儿站在胡铃铛跟前没走,她还是对买哪种颜色的丝线举棋不定。胡铃铛指导她说:"你每个颜色都要买一些,绣马蹄花时用这个灰加白色,绣玫瑰花时,用这个深粉色,黑色你也应该要一点儿,绣燕子时离不开黑色。"

孟类儿听了胡铃铛的意见,付了钱。她又对胡铃铛说:"你只卖线不卖花样儿,如果有花样儿你的丝线会卖得更好。"胡铃铛马上说:"我有花样儿啊,很好看的花样儿,在村口的担子上呢。你等会儿,我去取。"胡铃铛站起身佯装要走,孟类儿叫住她,问:"远吗? 我和你一起去。"

孟类儿被胡铃铛用马驮着来到大帐,已是掌灯时分,哨位告诉她,她妈找她都找疯了。胡铃铛没管这些,径直把孟类儿带到自己的闺房。她甚至还在反绑着双手的孟类儿脸上亲了一口,胡铃铛此时高兴极了。

孟类儿虎落平阳哪还有这份心思,她边哭边哀求胡铃铛放了她。胡铃铛说:"我费这么大劲把你弄来,哪有放你之理。放你也成,你把你这些年学的课文都背给我听,就放了你。"孟类儿一听更是哭声不止,说:"我知道你是胡铃铛了,只怪我瞎了眼没看清你。"胡铃铛乐了,说:"这就好。"孟类儿说:"和我爸有仇你就去找我爸,找我干什么?"胡铃铛说:"找你爸只能要他命,找你能为我背课文。"孟类儿说:"你都做了土匪,背课文有什么用?"胡铃铛一听从腰间掏出枪,向着棚顶开了一枪,说:"土匪就不学文化了? 土匪就只能当土匪了? 我要做个有文化的土匪。"孟类儿说:"可是有了文化就做不成土匪了,有文化的人都善良。"胡铃铛听了孟类儿的话,若有所思。

从此,胡铃铛的闺房里,响起了琅琅的诗文声。起初这声音哀怨,还夹杂着哽咽声,渐渐地就像流畅的小河了:知己知彼,将心比心。近水知鱼性,近山知鸟音。易涨易退山溪水,易反易覆小人心……

秋天的时候,三胡子的耳朵好了,耳朵成了一个洞。无独有偶,胡铃铛的后窗也有一个洞,探子来报,孟类儿跑了。胡铃铛像早就知道似的摆摆手,让他少管闲事。探子看到,小姐手里捧着厚厚一沓诗文。

坏良心的窖

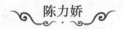

陈力娇

皮肤一痒，石田就心烦。满洲给了他大片土地，却没给他适应的气候，一到冬天，皮肤就里里外外爬满"小虫子"。

和皮肤一样令他心焦的是蔬菜问题。冬天皑皑白雪，地里长不出菜，怎样才能吃上新鲜蔬菜呢？通信兵知道他的苦衷，出去打探，回来后说，中国部落里的老百姓，冬天也能吃上新鲜蔬菜。石田马上来了精神，问，怎么回事？通信兵说，他们挖窖，每家都挖窖，在院子中，挖个一米见方，深五米的窖，大白菜就提前存放在里面，吃一棵拿一棵，再吃一棵再拿一棵。

通信兵的描述让石田咧开了大嘴，笑意如浪。但他还是不太相信，冬天能冻掉下巴，怎么会不冻白菜，真会如此神奇？就对通信兵说，带我去看！

通信兵把他领到吴冬瓜家。吴冬瓜七尺汉子，瘦得跟地里的高粱秆似的，一碰就能倒。他正在家里腌酸菜，几十棵大白菜，被他放在屋中的一口大缸中，上面还压着石头。石田问："你的，这是干什么？"吴冬瓜回答："腌了冬天吃。"

石田捋着小胡子，示意通信兵，记下来。通信兵拿出本子，把腌酸菜的方法，一一记下。通信兵向吴冬瓜取经时，石田来到院中的地窖前，秋风大，黄树叶乱飞，直叮他的脸。石田用手在鼻前扇着，一边扇一边问吴冬瓜的儿子："你的,下去过?"

吴冬瓜的儿子八岁,下窖取白菜是常事,就点点头。石田见他点头,脸上堆起笑意,说:"呦西,下去,我的,看看!"孩子接受了指令,顺着窖口竖着的梯子下去了。不一会儿,他便上来了,怀里抱着一棵鲜鲜嫩嫩的大白菜。石田信了,心里如一块石头落地,和通信兵一起离开了吴冬瓜的家。

第二天,太阳刚轻佻地蹦出来,吴冬瓜就被叫到"红部"挖地窖去了,一起去的,还有同村的二闷子和小顺子。

三个人挖了一天,窖挖好了,大棵大棵饱满水灵的白菜搬到窖中,土豆和萝卜也成袋成袋地放了进去,这才万事大吉。石田很高兴,眉开眼笑,忘情地喝了二两酒,脸喝得红扑扑的,跳起了日本舞。

事情出在第二年春天。那窖仿佛不认生人,故意和石田红部里的人找麻烦,起因是小通信兵下去取白菜,以前取都挺好的,下去就上来了,可这一次下去,足有一个时辰也没上来。

石田觉得不对劲,又派一个人下去,可是这个人下去也没上来。眼见着锅里的肉变成了泥,石田急了,骂道:"一群饭桶,无用的东西!"又把一个胆大心细的女人叫来,让她看看他们俩在下面干什么。

女人倒是比男人心细,她只下到一半,就从梯子上爬了上来,上来的她,脸色发青,喘气急促,趴在窖沿上半天不动弹。好一会儿她才对石田说:"他们都死了。"犹如天降霹雳,石田皱起了眉头,旋即让警卫班长去叫吴冬瓜。警卫班长走出不远,石田又叫住了他,说:"把另外两个挖窖的也一起叫来。"

一袋烟工夫,吴冬瓜和二闷子小顺子都来了,他们一听说死了人,脸上的汗立即下来了。石田问他们:"这是怎么回事?"吴冬瓜说:"我也不知道,从没有听说哪家的窖死过人。"石田听他这么说,怒了,掏出手枪,吼道:"你的,下去,看个究竟!"

吴冬瓜浑身发抖,却只有下去了,石田的枪一直在他脑壳上晃。

十分钟过去了,里面没一点儿动静,哪怕能听到狼嚼骨头也算声响呀。

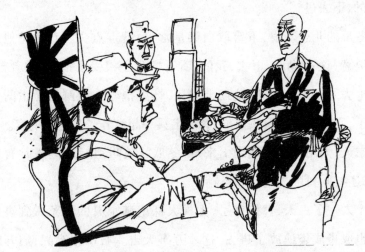

二闷子和小顺子慌了手脚，他们看到了自己的命运，无非就是下一个吴冬瓜。二闷子比小顺子胆小，他伺机逃跑。小顺子看上去稍稍冷静，他曾给大户人家赶过车，和主人家的二小子很熟，二小子在大城市念过书，和他提起过沼气，说沼气这东西邪乎，跟毒气弹似的，人闻到它就死，多在窖下生成。就对石田说："太君，春天阳气上涨，里面有沼气，再不能下去人了。"

"沼气？你的怎么知道？"石田问。

小顺子说："书上说的。"他没敢提二小子，若提，就越扯越多。

石田说："你的知道沼气？你的下去看看什么是沼气。"

小顺子想了想说："我下去可以，不过我得用湿毛巾捂上嘴，还得在腰间拴根绳子，我一晃绳子，你们就得把我拽上来。"石田同意了。

很快有人找来了湿毛巾和绳子，小顺子武装了一番，下去了。

二闷子为他一节一节往里倒绳子，心却掐把汗，腿颤得站不稳。

绳子在缩短，缩着缩着突然就跟抽风似的，一阵紧一阵歇，歇了又紧，紧了又歇。二闷子直看石田的脸，石田却跟没事一样，二闷子等不及了，擅自往外拽。旁边的石田立即瞪大眼睛，嗯了一声，接着一脸狞笑，对二闷子说："你们中国人，良心大大地坏了，给自己挖好窖，给我们挖带沼气的窖，你的，下去！"

起风了，黄树叶受了惊吓，冥钱一样砸了下来。

姐　姐

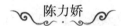
陈力娇

雪块落在头上，脖颈一阵沁凉，抬头望去，他的眼睛瞬间一亮。

自从开拓团来，他一直都在山上砍柴，穿着单薄的衣服，冬夏都是这一件，太冷时他就披着被子，但干活儿时，身上裹被子不方便，他就把被子放在他的柴担上。

而现在头顶树杈上的这件黄大衣，简直就是他的救星，他以后再也不会冻得发抖了。

刘番薯用扁担挑下这件大衣，上面的雪扑簌簌全下来了，差点把他埋起来。但刘番薯还是很高兴，他抖了抖，穿上它，挑起柴，去了姐姐家。

刘番薯三岁就没了母亲，是姐姐把他带大，他视姐姐为母亲，什么都听她的。现在他担着的枯柴，本应该给开拓团送去，但他还是想给姐姐留一点，以免她挺着大肚子，还要自己上山砍柴。

姐姐家和他家一样，土地和房屋都被开拓团占了，只好住地窖子。日本人说，他们是高等民族，所以得住房子。他们来时正赶上秋天，盖房子怕干不透，就强占了他们的住房。

刘番薯到屋时，姐姐正洗碗，看他来，给他做了一碗稀面汤。这是最后一点儿玉米面了，以后就得吃橡子面了。橡子面苦涩不说，吃了还便秘。

刘番薯喝面汤时,脸上洋溢着喜色。他克制不住,就对姐姐说:"我有衣服穿了。"姐姐看他眉飞色舞,又看到放在凳子上的半旧黄大衣,立即警惕起来,那黄大衣毛领,两排铜扣,和小鬼子身上穿的一模一样。姐姐想到这,脸色瞬间大变,她问:"你在哪儿弄的?"刘番薯说:"山上捡的。"姐姐说:"怎么会有这等好事,准是日本兵丢在那儿的,你赶快把它送回去,不然会惹祸上身的。"

刘番薯虽舍不得,但喝完面汤,他拿起衣服,准备按姐姐说的做。走到门口,他对姐姐说:"你把它改成被子不行吗?我们的被子都给开拓团了。"

姐姐异常坚决,说:"不行。"

刘番薯从姐姐家走出来,还是不死心,路过市场时,他忽生一个主意:把它卖掉,换点儿钱,不是两全其美吗?

霍起在菜市场卖冻白菜,他蹲在路边,冻得发抖,头发和胡子都挂满了霜。刘番薯来到他面前说:"兄弟,我想买你这些冻白菜,可是我没有钱,我用这件大衣换怎么样?"

冻白菜是永远卖不出去的,是从地里捡回来的,日本人不稀罕买,中国人买不起,能换得这么好的大衣御寒,真是天大的便宜。霍起想都没想就成交了。

这一天是霍起和刘番薯最高兴的日子。

霍起穿着大衣,炫耀地在大罗密市场走了两个来回,兴奋劲儿还是有增无减。霍起个子高,仪表堂堂,但苦难的生活早把这些埋没了。他这一生都没有穿过这么好的大衣。

霍起正走着,一只手从后面拽住了他的脖领,霍起回头一看,是开拓团红部里的采购员小林上二,仗着自己是日本人,平时他买中国人的菜从来不给钱,他一住进大罗密,屯里再没人敢养鸡鸭鹅了。

小林上二扯住霍起,二话没说,掀开霍起的大衣领子,在领子里面找到了他的名字。小林上二说:"死了死了的有,敢偷我的衣服?"霍起申辩:"这是我买的。"小林上二的小胡子都挓挲起来了："买的？你买谁的？统统地说出来。"

霍起明白，事关重大，不说也得说，他现在只寄希望于这件大衣也是刘番薯买来的。

刘番薯被带到红部时，人已经被狼狗收拾了一番。狼狗是在山上找到他的，刘番薯正砍柴，站在山腰上看一行人由狼狗带着，急急地寻来，就明白是怎么回事了。他企图逃跑，狼狗紧追不舍，还没跑上山顶，狼狗就掏透了他的腿肚子。

刘番薯被吊在开拓团的梁柁上，大汗淋淋，腿上的血，一滴滴往下流。皮鞭早已把刘番薯的衣服打烂了，皮肉青一块紫一块。小林上二骂道："你个马胡子，非送你到守备队不可。"

一听到守备队，刘番薯知道自己人生的路走完了，去了那里的人，没有一个活着出来的，后悔当初没听姐姐的，而现在姐姐却一点儿都不知他要死了。

事情没像刘番薯想的那么糟糕，刘番薯被带到开拓团红部，姐姐已经知道了，孩子们是报信的鸿雁。

刘番薯正一声爹一声娘地号叫着，姐姐破门而入，她没像别的女人一样见面就哭，就求情，而是镇定地走到小林上二面前说："您歇歇，这点儿小事我来办，别累坏了身子。""什么，小事？"小林上二怒不可遏。刘番薯的姐姐又说："日满亲情嘛，要了他的命，凉了百姓的心。"小林上二觉出这个女人不简单，就放下鞭子，喘着粗气，对刘番薯的姐姐说："好，给你面子，守备队的可以不去，但你得给我个满意的结果。"刘番薯的姐姐问："你当真不反悔？"小林上二点点头。

刘番薯的姐姐得到答复，对一旁站着的厨师说："剁掉他的一只手吧，是这只手犯了罪。"

刘番薯是被姐姐背回家的，他昏迷在姐姐的背上，没有手的左臂上，捆扎着姐姐的头巾。那头巾被血浸透了，冷空气一冻，如一块紫色的石头。

规则

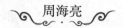
周海亮

　　当兵之前,狙击手从不会想到他会当兵,更没有想到他会成为狙击手。他是农人,守着几亩薄地、一头老牛、一杆猎枪。农闲时他扛枪进山,再下山时,必有收获。他的枪打得很准,猎物被他瞄上,就跑不掉了。

　　后来队伍打过来,村里人都逃走了,他却不走。他想捡一杆枪。猎枪已经太旧,他完全靠感觉瞄准和射击。队伍打过来,他成为一名担架志愿兵,那时,他只想捡到一杆枪,然后扔下担架,逃离战场。待队伍离开,他还会回来,种地、打猎,种地、打猎……可是他遇见了她。

　　他抬着一个伤兵跑回来,用了极不专业的姿势。他在帐篷前放下担架,便看到了她。她从帐篷里疾步走出,他的面前,不再有杀戮,只剩下阳光。她穿着护士服,帽子上的红十字清晰可见。她娇小,精致,脸色苍白,神情专注。看得出她很疲惫,那一刻,他只想拥她入怀。

　　他希望每天都看到她。每天都看到她的办法只有一个,就是当兵。他想当担架兵,可是最终,他成了狙击手。军队里绝不会浪费一个百发百中的神枪手,而抬担架这种事,谁都能干。

　　把自己训练成一名优秀的狙击手,他用时一年。一年里,他与她仅见面三次,但这并不影响她爱上他。战火纷飞的日子,爱情成为他们唯一的精神依靠和寄托。

狙击手躲在壕沟里、草丛里、牛棚里、屋顶上、废墟里、沙土里、树林里、尸体堆里……他瞄上谁，谁就成为猎物，再也逃不掉了。每时每刻他都处在危险之中，可是他更担心她。她安慰他说，战争中不杀医务兵。他说，战争中也不杀俘虏。他笑。她也笑。他们都知道，战争会摧毁一切规则，然后让人类变成魔鬼。

狙击手与她道别，来到被炸成废墟的城市。他将衣服、头盔和额头涂抹成瓦砾的色彩，然后藏进瓦砾堆，搜寻着狙杀的目标。他的目标是敌方上尉，他只有一天时间。战斗还在继续，枪炮声连成一片，然而他的耳边，万籁俱寂。他需要屏气凝神。他需要感觉不到自己的存在。只有感觉不到自己的存在，敌方才不会感觉到他的存在。他是不存在的，瓦砾堆里只有一支狙击步枪，精准的、冷酷的、隐形的、自动瞄准和射击的、没有主人的狙击步枪。当目标出现，枪响，目标应声而倒，一切就结束了。过去一年里，这种场景重复过太多次，如同严格按照剧本演出的戏剧，从不会出错。

但这次不同。上尉似乎感觉到了他。上尉躲在掩体后面，大半天不动，好像成为掩体的一部分。上尉不动，狙击手也不动。他知道对方终会露出脑袋。他只需要在那个瞬间，扣动扳机。

上尉终于出现，却不是露出脑袋，而是一跃而出。狙击手扣动扳机，上尉应声倒下。然而，掩体旁的陡坡让他倒下的时候顺势滚回了掩体。他还没有死，狙击手看到他露在外面的一只脚在快速地抽搐。

狙击手没有撤离。他在耐心等待，等待上尉彻底死去，或者赶来的援兵。他会将援兵一个接一个地射杀，就像在碗沿上磕开一排鸡蛋。这是消灭敌人最有效的方式，用一个即将死去的、在巨大的痛苦中挣扎的生命。

狙击手果然在瞄准镜里看见了援兵。援兵匍匐前进，既快且平。没有用。哪怕他像一张纸贴紧地面，狙击手的子弹也会将他从地面上揭起。狙击手屏住呼吸，控制心跳，世界只剩下瞄准镜里的十字。突然他愣了一下。

江湖·野猪横行的日子

他从援兵的军服上，看到一个醒目的红色十字。

他想起她。他又想起规则。他不过愣了一秒钟，或者半秒钟，或者更短。他感觉他的眉心，突然火一般烫。

那里多出一个小洞。然后，淌出鲜血。

因为爱上她，他成为狙击手；因为爱上她，他失去生命。或者，因为规则，有了战争；因为战争，规则不复存在。狙击手倒下的那一刻，仍不知到底是谁将他射杀——受伤的上尉？真正的医务兵？扮成医务兵的士兵？还是躲藏在附近的敌方狙击手……

他只知道，现在，他的生命被战争击穿，她的身体在帐篷里忙碌，农人失去土地，牛群在遥远的山坡上休憩，教徒成为战士，一只鸽子落上冷却的炮筒……

妇人

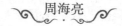

周海亮

　　狙杀一位国家元首，异常艰难。但狙击手知道，他必须成功。成功之后，战争可能提前结束，几百万生命可能被挽救，所有的一切，全取决于他手里的狙击步枪。

　　元首的汽车将会经过这条街道。

　　狙击手选中唯一合适的位置。那是一栋陈旧的住宅，从窗口可以看到一段极短的马路。元首的汽车将会从这里经过，一秒钟，或者半秒钟。机会转瞬即逝，但对狙击手来说，这足够了。之前，狙击手从未失手。

　　一天以前，狙击手便埋伏进这栋住宅。他必须这样做。元首出行当天，他没有任何进入这栋住宅的机会。此刻已是清晨，厚重的窗帘后面，狙击手屏气凝神。枪口从窗帘的缝隙间隐蔽地探出，当元首出现，狙击手便会扣动扳机。他相信他会成功。他只能相信他会成功。

　　身后的妇人扭动身体，木椅发出"嘎吱嘎吱"的声音。狙击手皱皱眉，他讨厌这种声音。

　　昨天夜里狙击手闯进来，那时，独居的妇人正在享用晚餐。

　　狙击手将她捆绑，说："我只是完成任务，我不会伤害你。"

　　妇人挣扎着，说："我是个老人。"

狙击手说:"明天清晨,待我杀死那个邪恶的元首,就会马上离开。"

妇人说:"我有心脏病,求你不要绑我。"

可是狙击手必须绑她。不仅要绑紧她,还得堵住她的嘴。他绝不能让她发出一点儿声音。他是在射杀一位国家元首,不是用弹弓打一只鸟。

整个夜晚,每隔一段时间,狙击手就会解开勒在妇人嘴里的布条,让她喝一点儿水。狙击手还找到妇人的药,放到旁边桌子上。他示意妇人,只有感觉非常不好的时候,才能用脚蹬踢椅子,到那时,他会给妇人服一粒药。狙击手的目标只是元首,他不愿妇人死去,何况妇人的年纪比他母亲还大。

现在是清晨。清晨,"嘎吱嘎吱"的木椅声让狙击手心烦意躁。他转身,将妇人拽下木椅。妇人用眼神告诉他,她现在情况非常不好。

妇人脸色苍白,胸口剧烈起伏。她躺在地板上,半闭着眼,挣扎着,一只脚快速地磕着地板。然而她的敲击有气无力,此刻她需要一片药。

狙击手看看手表,疾步回到窗台前,守着他的狙击步枪。现在,哪怕他眨一下眼,都可能错过机会。下一次机会遥遥无期,或许,这场延绵已久的战争的成败,全都取决于接下来的某一个瞬间。

妇人的挣扎声突然变得很大并且越来越大。她从鼻孔里挤出风箱般的声音,她的身体在地板上蹭出恐怖的"吱吱"声。狙击手知道,生命正在远离这位妇人。而能挽救她生命的药,不过距她咫尺之遥。

狙击手表情扭曲。他端着步枪的手开始颤抖。

街道上空无一人,元首的汽车随时可能经过。狙击手的视线开始模糊。

妇人在挣扎。妇人的挣扎声越来越小。

狙击手咬咬牙。一滴泪滑落脸颊。

妇人仍在挣扎。妇人即将死去。

狙击手骂一句粗话,扔掉步枪,离开窗口,回到妇人身边。他让妇人平躺,迅速将一粒药塞进妇人嘴里。做完这一切不过用了几秒钟时间,然而,他真的错过了射杀元首的唯一机会。

　　战争结束以后，他无数次想，假如他放弃那位妇人，至少会让战争提前两年结束吧？可是，当再给他一次机会，当敌国那个年纪比母亲还大的妇人躺在地板上挣扎，他不知道，他是否还能守着他的狙击步枪，寸步不离。

血　缨

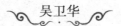

吴卫华

　　沧州多绝招儿。有明一代，卢家枪被时人誉为"无敌天下三十年"，意即长远不敢多说，三十年内称霸天下。

　　卢家独子卢君玉，卢家枪的唯一传承人，年近三十，生得白面长身，更家境大富，是沧州地面无数有好女儿家的首选佳婿，但没有一个女子能让卢君玉心动。卢君玉日日沉溺于枪术中。

　　就像好马配好鞍，卢君玉喜欢在他惯用的那杆丈二亮银枪上，装饰红若火焰的马鬃枪缨，数年一换。那种"白刃耀日月，红缨动秋风"的画面，撼人心魄，暴增美感。枪缨绝不是仅仅做观赏用的，当枪头刺进敌人体内时，血液会爆喷，此时的枪缨则瞬间像一个盘子一样张开，挡住激射过来的敌血。因为血液一旦顺枪杆流下，会使枪杆滑手，不利于继续杀敌。为了更好地挡血，枪头上加装的缨子，一般比较稠密，长一尺半。做枪缨的材质，绒绳或兽毛都可以，马尾、牛尾和马鬃属上材，其中又以马鬃最佳，因其坚韧弹性好，更适宜挡血。因此，枪缨又称"血避"。

　　卢家居闹市，大门口铺面、摊贩云集。卢君玉很少逛集市，那天出去买枪缨，见自家门口不远处有个伞棚，棚下支起的木板上，只摆着红、白、黑三束枪缨，片片编织得精致结实，并且是货真价实的马鬃。卢君玉逐一抚弄枪缨,越看越爱,连呼:"卖家,有多少这样的枪缨? 我全要。"

"仅有三束。"一个女子从旁边转过来,无所顾忌地盯视着卢君玉回答。

"你出摊只有三束枪缨可卖?"由于奇怪,卢君玉多看了女子两眼。那女子二十岁出头,虽然细手麻脚纤纤柔腰,好看的瓜子脸上却飞眉吊梢、目如点漆,一股英气任凭怎么收敛,都有象光侧露。卢君玉第一次为一个女子无来由地怦然心跳,一张白脸瞬时漫上血晕:"就算三束全卖出去,你一天又能挣多少钱?"

女子笑说:"货卖有缘人,不为挣钱。"

卢君玉:"我全要,价钱随你。"

女子:"你卢家那杆亮银枪,至你历经三代,差不多'无敌天下三十年'了,这样一杆至尊枪王,一般枪缨不能助它扬威。你给我半月时间,我要给你编织出天下唯此一束的枪缨。"

卢君玉回家后,不以枪缨为重,反倒念念不忘卖枪缨的俊俏女子,便借口看枪缨的编织进程,每天跑去搭讪那女子,但只知道她的小名叫线娘。至于线娘的身世,线娘不说,卢君玉无从知晓。线娘仿佛忘了给卢君玉编织枪缨的事,每天只是在伞棚下挑拣马鬃,一根根细看。卢君玉也不催她,只是同她说些跟枪缨不相干的,话到有意处,线娘往往会撩一眼卢君玉,卢君玉就会脸红,线娘则笑:"你这样缺乏历练,到时怎么力挽狂澜?"这听似风马牛不相干的话,线娘却说得星眸黯然。

树大招风,盛名惹妒。三十年来,江湖上的枪术家,都因卢家枪"无敌天下三十年"而愤愤不平,多欲取而代之。梨花枪宛如异兵突起,又似妖术蛊魅,江湖上迅疾传播着梨花枪的厉害和诡谲,说但凡与梨花枪过招儿的,轻伤重死,无一幸免。各派枪术家谈梨花枪而色变。

必然的一天,卢家接到梨花枪的挑战书,约定十月十六日,在土地庙前的空地上比武,生死看枪术。

卢君玉拿着挑战书去找线娘:"明天临强敌,你让我拿什么绑在枪上?"

线娘一声不响，起身拿出一束长足有三尺的枪缨。枪缨如此长已经离谱，根根更是血红欲滴，真不知什么神俊的马会有这样长的鬃毛。

线娘说："拿枪来，我给你绑枪缨。"

线娘倒拿丈二亮银枪，缨穗包住枪头，扎牢根部，再正回枪杆，捋顺枪缨，绑缚出个葫芦形。线娘的枪缨绑得既稠密又漂亮，转动枪杆展开枪缨，枪缨根根劲爽，密接起来宛似一把通体流艳的伞盖，隐隐有凛凛风声。

卢君玉惊喜过望，一把抱住线娘："我要娶你！"

线娘苦笑："大难临头了还说这种话，先保住你自己要紧。"

卢家枪对梨花枪，武林百年不遇的巅峰之战。空阔的土地庙前人山人海。梨花枪的持有者是个精壮的黑汉子，那枪看似无缨的普通长枪，但在原枪缨的部位缚一喷火筒，喷筒内装有铁蒺藜、碎铁屑，随火药喷出后灿如梨花，故名梨花枪。

黑汉子冷声说："三十年河东，三十年河西，得罪了。"暴然出枪，首招就用了凶狠的单手式。卢君玉不敢大意，拧枪挡开。两人拿出看家本领，一时难分高下。黑汉子的枪头突然喷出雪亮的火药，随枪狂舞出满场梨花，那些铁蒺藜、碎铁屑皆被见血封喉的剧毒浸喂过，黑汉子势要置卢君玉于死地！

卢君玉长枪上的枪缨，随枪收放拧拿自如，伞盖怒张，厮杀场中满耳都是枪缨的凛凛急转声，尽数把毒梨花迸溅于两米之外。眼看毒梨花喷完，卢君玉奋起余勇，一枪磕飞黑汉子手中已经寂灭的梨花枪。

场外众人早已看得惊心动魄，这时回过神来，猛呼卢家枪天下第一。卢君玉得意地转动枪杆以示谢意时，枪缨竟然没有如伞盖张开，反而像灰烬般烟撒一地。

卢君玉跑去找线娘，要报告大胜梨花枪的喜讯，却只看见平时摆枪缨的木板上，放着线娘留下的纸条："不必找我，我是你卢家赖以成名的那杆亮银枪上的旧枪缨，见弃已久，今被最后一用，虽粉身碎骨，终究保住了卢家枪的名声。"

惊 梦

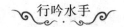

行吟水手

三月初八上巳节时,长安城外春风习习,百花盛开,桃李争奇斗艳,蝴蝶翩翩飞舞,是个非常适宜郊游的日子。

每年的这个时候,书生都要去郊外踏青。

以前是书生和一帮书生一起去踏青,后来他们全有了功名,就只剩书生一个人踏青了。又是一个春光澹荡、芳香氤氲的上巳节,书生去郊外踏青。

一路上,衔香览景走过来,恍然不觉已离城十多里。峰回路转处,现一角飞脊斜檐的庙宇,挑一片白云蓝天,一片磊然景致。顺着花林小径来到寺门前,门楣上嵌了一块石匾,大书"善缘寺"三字。

站在寺门前,书生有了剃发为僧的念头。既然仕途无望,做个吃斋念佛的出家人也不错。晨钟暮鼓,青灯黄卷,了此一生也未必不是一件好事。

书生略一停顿,上前轻敲寺门。俄顷,沉朱木门徐徐打开,一芒鞋灰衫的小和尚立于门后,连呼善哉。

书生深施一礼,说:"小师傅,能否进贵寺看看?"

小和尚略一迟疑,说:"施主请。"

书生说声打扰,便跟随小和尚走进了花木扶疏的寺院。沿路是两座分立的古砖花坛,两边分植着翠竹、垂丝海棠和金桂;沿长墙有几级石阶形的

花山,遍植百合、天竺、佛手以及许多叫不出名字的长青植物。书生看得有些呆了。

小和尚说:"施主请自便,恕不奉陪了。"

书生点点头,向寺院深处走去。

书生信步走来,不觉就到了一截粉墙下。站在露湿的石阶上,面对白白的墙壁,间以沉沉的木鱼声,叩得书生一心的空寒。三十载春花秋月等闲过,就像眼前的这堵粉壁,一片空白。书生不由悲从中来,一首发自肺腑的诗句直冲上来。书生捡起脚边的一块木炭,在粉墙上笔走龙蛇起来:"屈曲交枝翠色苍,困龙未际土中藏。他时若得风云会,必作擎天白玉梁。"酣畅淋漓的抒写使他找到了宣泄的出口。

"公子。"这时候书生的身后响起了一声娇笑。书生甩了手中的木炭,转过身来。书生就看见了一个杏脸桃腮、娇唇秀靥的妙龄女子正在冲着自己笑。

女子看着粉壁上的诗文拍掌赞道:"好诗,只怕科场里难有出其右者!"

书生听了连连说:"不敢当,不敢当。小可俚语村言之作,恐怕玷污了小姐的眼睛。"

女子对着书生轻轻一笑,说:"公子好雅兴,竟跑到这荒郊野寺来题诗。"

书生也笑了,说:"小姐雅兴也不小啊! 小可能冒昧问一句小姐的芳名吗?"

女子说:"我叫月圆。"

书生说:"那么月圆小姐你是到这里来参禅悟道了?"

月圆又轻轻一笑,笑靥如花。那样的一张粉脸有几分像上元市上的白纱灯,笑脸垂发,有淡淡的晕红泅上两颊。她说:"我是陪母亲来朝拜敬香的。家母正在佛堂礼佛,我闷得慌特意出来透透气,不想就遇见了公子。"

月圆说着款款上前,对书生又道:"我家住南街,若公子不嫌,可否十日后在此一见?"

书生微微一怔，看着月圆半羞还半喜，欲去又依依的女儿娇态，点头答应。

"我该走了。"月圆说，"公子住在哪里呢？"

书生说："城内翰林巷。"

三天后的一个清早，一顶绿呢官轿停在了翰林巷书生家门口。从外面走进来两个官差，他们对书生说："我家相爷请公子去一趟相府。"

早晨的空气清新湿润，书生一身布衣坐在轿子里，沿路听到小巷深处传来卖花童清脆的叫卖杏花声。

相爷端坐在一张太师椅上，对走进相府的书生说："你来了。你来了。你来了。"相爷的意思是你终于来了。

书生站在那里一声不吭。他不知道相爷召见他所为何事，所以他就一声都没吭。

"这两天老夫听到坊间闾巷到处都在传唱你题在善缘寺粉壁上的那首诗。难得啊，难得的人才啊！我费了一番工夫才找到了你，真不容易啊！"相爷说。

书生的血液开始快速流动起来。书生说："多谢相爷抬爱！"

相爷说："老夫准备向圣上举荐你，不日便有结果。"

书生说："蒙相爷照拂。"

相爷说："老夫有一女，公子可否应允婚配？"

书生略略踌躇了一会儿，月圆姑娘的身影在他脑际一掠而过。书生想说小可已经有了心上人，但书生说出来的话却是："小可本贫贱之身，只怕不配。"

相爷说："嗯？"

书生忙将头低伏下去，说："一切听从相爷的吩咐。"

十天后，书生没去善缘寺赴约。书生想自己要娶相府的千金了，哪还顾得上去跟那个叫月圆的姑娘约会。

小小说美文馆

在家里等了半月余,却不见相府再有下文,书生就有些沉不住气了,他决定去相府打探一下。

拐过那条大街,就是相府了。还没走到相府门前,书生忽然看见一个熟悉的身影飘进了相府。书生有些不相信自己的眼睛。他走过去向两个门人打听,刚才走进相府的那个女子是谁。

门人说:"是相府的千金。"

书生问:"相府的千金叫什么名字?"

门人说:"月圆。"

书生眼前一黑,幸亏被眼疾手快的门人扶住,才没有摔倒。

书生又去郊外踏青了。

只是一夜春雨,满树桃花杏花纷纷坠落,似乎都想趁着这春光将尽未尽之时,好随风嫁尘而去。一地的浅粉嫣红,犹如女人浸润了泪水的胭脂,点点凄美,点点衰败。

书生站在落红成阵的花瓣雨中扑簌簌掉泪,听见不远处有人在说:"我的新娘子好美。"

捉放曹

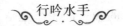

行吟水手

楚天舒斜坐在藤椅上,听着窗外雨珠迸裂的声音,怏怏地想着心事。眼下正是青黄不接的时候,一场洪灾让金谷县部分良田被淹,百姓流离失所。府库中的那点存粮早已告罄,可朝廷的赈灾粮还迟迟未到。他的眼前闪现出凄风苦雨中,大街上不时走过一群群扶老携幼的灾民。他们褴褛的衣衫,困顿的神情,菜色的面庞,绝望的目光,让他这个小小的知县变得忧心忡忡。他朝着窗外叹了口气,又叹了口气。

这时,刘师爷走进了他的视线。

楚天舒说:"刘师爷,事情办得怎么样了?"

刘师爷说:"楚大人,我都去三回了,可无论我怎么说,八大粮户的头领黄三虎就是不肯借粮给我们。"

楚天舒的眉头皱在了一起。楚天舒说:"你没跟他说明年加倍还他吗?"

刘师爷说:"说了,但没用。他倚仗自己朝中有人,不想帮这个忙,反而还趁火打劫,想借机哄抬粮价。并且,就在今早上,这家伙带着几个爪牙去观赏水景。当时正好从上游漂来一具女尸,被河边芦草卡住了。他不但不叫人打捞,反而琢磨出几句歪诗来,什么'二八谁家女?漂来依岸芦。鸟窥眉上翠,鱼弄口旁朱'。这真是为富不仁啊!"

　　楚天舒的脑海里浮上一个人的影子。楚天舒说："刘师爷，我想去趟监牢。"刘师爷撑起了一把大大的油纸伞。刘师爷说："楚大人，我们走吧。"楚天舒钻进了刘师爷的油纸伞下，两个人瞬间就被雨水吞没了。知县衙门外，楚天舒面对一群群老弱灾民突然流下了眼泪。他说："老百姓大白天打着灯笼在寻找县衙，我这个知县没当好啊！"不一会儿，楚天舒和刘师爷像两条潮湿的鱼出现在了监牢里。

　　随着一阵铁器的碰撞声，一间牢房的门被徐徐打开了。楚天舒看见，一个披发跣足但又不失精气神的中年囚犯坐在草铺上，正在闭目养神。楚天舒听到了雨敲屋瓦发出的爆豆似的声响。他想起三月前的一个雨天，他得到线报调集五名捕快，终于在一个名叫良恭的小村子抓获了人称鬼见愁的匪首曹大，也就是眼前的这个气定神闲的中年囚犯。他将案情上报朝廷后，朝廷很快下了圣旨，定于秋后就地问斩。这个结局是他始料不及的。他认为曹大罪不该死，因为他每次抢劫绑票的不是作恶多端的达官贵人就是为富不仁的富商巨贾，并将劫来的财物大多送给了需要帮助的穷人。楚天舒对着曹大凄楚地一笑，说："曹大，我今天来是想和你做一笔买卖……"

　　第二天一早，天竟然放晴了。一个消息在金谷县的大街小巷风一样传播着：那个叫曹大的匪首越狱了，并且带着他的人马胁迫八大粮户的头领黄三虎开仓放粮，解救饥民。

　　金谷县县衙寓所内，楚天舒正襟危坐在椅子上，对着一脸凄容的刘师爷说："刘师爷，这个知县我算当到头儿了，恐怕还会连累于你！"楚天舒说完向着刘师爷深深一拜。

　　刘师爷慌忙回礼："大人不该说这样见外的话。"

　　楚天舒笑了笑，说："如果我猜得不错的话，八大粮户的头领黄三虎早派人快马加鞭去京城告我的状了，而朝廷将以渎职罪捉拿我的钦差也差不多快要赶来了。"

　　刘师爷说："大人，趁钦差还未到，我们跑吧。"

楚天舒摆摆手，一丝苦笑凝上了他的唇角："跑？天下之大，莫非王土，跑到哪儿去呢？"刘师爷不禁泪眼潸然，他看着楚天舒的眼睛，说："大人……"

楚天舒不再说话，他轻轻地挥了挥手，仿佛挥去了几十年的光阴与无尽的烦恼。他起身缓缓走出寓所，走出县衙威严的大院，一直走到了市井喧哗的大街上。他的耳畔传来了老百姓对一个叫曹大的人的交口称赞声。那些发自内心的欢呼，一浪高过一浪，海一样淹没了楚天舒。与此同时，他看见不远处有几匹快马飞奔而来。为首的钦差打马停在了楚天舒的面前。楚天舒仰起头笑笑，迎着钦差走了过去。楚天舒说："钦差大人，罪臣等候多时了。"钦差点点头，叹了口气，说："楚大人，得罪了。"

楚天舒淡淡一笑，伸出了双手。

几个武士冲上来将楚天舒五花大绑了。

钦差向大街两旁的人群扬扬手："大声说，散了吧，你们都散了吧。"

在大街的拐角处，一个头戴破笠帽的中年汉子，含泪目送着楚天舒远远离去。

胡一刀的江湖

行吟水手

胡一刀是个专门宰羊卖肉的屠夫。

胡一刀的屠宰作坊开在跑马镇的横街上。

每天，胡一刀除了刀不离手之外，就是酒不离口。他一口接一口喝着酒，即使正在宰羊，也会有一口酒在他嘴里含着，散发出一股辛辣的酒香气。来买羊肉的人看到这种情形，就都知道，眼前正在忙活的这人，是个狠汉子。

有些时候，生意不是很忙，胡一刀也不让自己闲着。他拿出一把牛耳尖刀，在一块豆绿色的磨刀石上磨刀霍霍。在他磨刀的过程中，早有一只羊被绑在桌案上，目光惊恐地看着他。胡一刀磨完了刀，眯起眼睛看看刀刃，呼呼吹几口气，那刀便发出脆脆的声响，同时，那被绑在桌案上的羊也发出几声绝望的哀叫。胡一刀能够很熟练地从一只羊身上剥下整张羊皮来。至今，跑马镇上再也找不出像胡一刀那样技艺娴熟的屠夫。他那娴熟的技艺让人相信，他甚至能够轻而易举从一只羊身上剥下两张羊皮来。

有一天，天空中飘着牛毛细雨。一个女人打着把破烂的油纸伞，手里拉着个三四岁的小男孩，站在了胡一刀的肉铺前。

那个女人对胡一刀说："我知道你叫胡一刀。我还知道你今年三十三岁了，还没有女人。"

胡一刀咽下了一口酒。他对女人说："你刚才说的这些话，是镇上那些无聊的人告诉你的吧？"

女人清秀苍白的脸上掠过一丝红晕，没有回答。

胡一刀又说："你是从哪里来的？我怎么不认识你？"

女人说："我叫小玉。我是逃荒出来的。我的男人在逃荒的路上得病死掉了。我手里牵着的这个小孩，是我们唯一的儿子，他叫巴豆。"

胡一刀又灌下一口酒，然后朝小玉的脸上喷出一口酒气，有些玩世不恭地说："你是不是想跟着我过活？"

小玉的脸这次红得更厉害了。她看看一旁的孩子，又瞅瞅胡一刀，轻轻地点了点头。

胡一刀说："好的。"

镇上的人们来胡一刀的肉铺买羊肉，他们打量着小玉和那个小男孩，啧啧有声。他们向胡一刀贺喜，走出门去却窃窃私语，说那女人长得是好，但那孩子总归是个野种。这些话，胡一刀都听在了耳朵里。胡一刀坐在院子里，喝了一天的酒。到了晚上，他睡在了院子里的一把躺椅上。小玉根本搬不动他。小玉从屋子里拿出被子，给胡一刀盖上。月亮一点一点升起了，像一只圆溜溜的羊，悄悄走过来，一直走到这个沉睡的男人身旁。

胡一刀有时闷头干罢活儿，将羊肉挂在肉案上方的铁钩上，然后便坐等顾客上门。在这中间，他便粗喉咙大嗓门儿地吆喝小玉拿酒来喝。喝大了的时候，他就红着眼揪住小玉的头发，大声吼："你这个臭女人，镇上天天都有人在看我的笑话，说我养着个小野种，养也白养。你等着，说不准老子哪天看不顺眼，就宰了这小子。"

小玉暗暗垂泪。

这天，胡一刀要去城里收账。他像换了个人似的，不但去街上给巴豆买了一支糖人，而且在走时还带上了巴豆。

巴豆可怜巴巴地看着小玉，眼里分明写着不情愿。小玉劝胡一刀说：

"巴豆就别去了,让他留在家里吧。"

胡一刀瞪眼:"巴豆也算我儿子,他为什么就不能一路上陪陪我,替我解解闷儿?"

小玉便无话。

掌灯时分,胡一刀大醉而归。小玉正在屋内满怀心事地喝一碗羊汤,见胡一刀一个人回来了,心里咯噔一下,顿时头晕目眩。她一下子扑上去,像一头发怒的母狮撞向胡一刀:"巴豆呢?你把巴豆弄哪儿去了?"胡一刀从地上狼狈地爬起,呵呵笑着说:"我把他送人了。你应该知道镇上人都在看我笑话吧?我不能再留他了!"胡一刀说罢,像稀泥一样瘫在床上,鼾声如雷。

小玉在院子里坐了很久。她仰起脸来看着稀稀拉拉的星星,叹了口气,又叹了口气。后来起风了,风吹灭了院中颤颤的马灯。

天一亮，小玉就早早起来了。她机械地做了早饭，等胡一刀吃过，就帮着胡一刀准备宰羊的器具。

胡一刀拿起那把银光闪闪的牛耳尖刀，慢慢走向一只待宰的母羊。那只母羊看起来很肥硕，这使得胡一刀心里稍觉慰藉。胡一刀将那只母羊摁在桌案上，正待动手时，那母羊竟然使劲儿挣脱胡一刀的手，跳下桌案，跪在了胡一刀的面前，咩咩叫着，其声悲苦，两眼泪流不止。胡一刀愣了一下，他冷笑一声，脸跟石头凿的一样没有表情。对此类怕死的软蛋，他是不会手下留情的。胡一刀这么想的时候，那把锋利的牛耳尖刀已被他紧握在右手里，高高举起。落刀间，一道炫目的白光一闪，那羊连声叫也没来得及发出，头便落了地。但对这只求饶的母羊，在宰剥的时候，他还是格外上心，动作慢了许多，精细了许多，刀子在羊身上下游走，如一次舒泰的推拉按摩。当母羊的腹部被剖开后，胡一刀只觉眼前闪过一道血光，紧接着，他看见一块鲜嫩的肉团僵在那里。

那是一只还没成形的小羊羔！

胡一刀呆了。堂堂七尺汉子，脸上瞬时失了血色。他怔怔地站在那里，风吹过时，一片干枯的树叶从他脸上轻轻划过，像是一只柔软的手在轻抚着他，泪水不知不觉涌出眼眶。人在江湖，他已经好多年没有流泪了。

小玉掩面而泣。

面对死去的羊，胡一刀膝盖着地，跪了下去。后来，胡一刀慢慢站起。他用袖子擦了擦眼泪，丢下刀，发疯般往城里跑去……

野猪横行的日子

夏一刀

我爹说,穷且益坚,不坠青云之志。我爹说,饿死事小,失节事大。躺在光秃秃的凉席上,望着天上的星星,我爹给我们讲古人不为五斗米折腰的故事。

有一天,我捡了一块钱,立刻交给了老师。爹拿着我得的奖状,笑得合不拢嘴。爹说,西儿,好样的!

那一年,我九岁。

爹他说归说,我们听归听,吃起饭来,我们三兄弟还是像地狱里逃出来的饿鬼一样。

那个时候,吃上一顿饱饭,是人生最大的梦想。

爹出早工回来,拖起一个土碗到锅里盛粥。站在灶边,爹嘴一噏,呼噜噜一阵响,一碗水一样的稀粥就到了肚里。

母亲说,吃一点干饭吧,吃一点菜。

爹说,饱了饱了。就拍拍肚皮,坐在门槛上抽叶子烟去了。

爹抽完烟,到水缸里舀了一大瓢水喝下,就敲响了挂在门前枣树上的铁钟,带领社员出工了。

爹那时是生产队长。爹读过书,有文化。爹长得伟岸,是我们三兄弟最大的骄傲。

那时候,野猪横行。

开会时,爹问牛婆,昨晚红薯地里是不是又来野猪了?

牛婆说,是的,夏队长,昨晚我和老虾、革命三人一起守夜,我们三人是轮流着睡呀,不知道那些畜生怎么还是把红薯拱了一大片,唉。

今晚轮到疤子和泥巴还有老狗守夜了吧?

是的。

那好,疤子、泥巴、老狗,你们三人晚上不要睡太死,听到没有?

疤子和泥巴、老狗点头答,是!

守夜归守夜,一个秋天下来,一大片红薯地还是被野猪糟蹋得差不多了。

爹对着县里来蹲点的干部说,没办法啊,野猪太猖狂了,您看今年的任务是不是少交一点儿? 要不,真的会饿死人的。

野猪不但糟蹋红薯,还糟蹋苞谷。

爹一遍又一遍地警告我们:野猪的毛像钢针,一碰到人,就能把人扎成筛子;野猪的獠牙有一尺多长,能把人叉死;野猪用长嘴一拱,就能把人拱到半天云里;野猪跑起来像风,人怎么跑都跑不过它的。千万不要到苞谷地里去,知道吗?

有时候我们走夜路,走着走着,背后好像有窸窸窣窣的声音,就想肯定是野猪蹑手蹑脚地跟来了呢,也不敢回头,心惊肉跳地走一阵,就突然狂奔起来。

我们害怕野猪,却未曾见过野猪,便极想看到。

我问哥,敢不敢去见野猪? 哥说,敢。

我哥比我大一岁半,却长得比我矮且瘦。我便和像弟弟一样的哥哥选了一个有月光的夜晚去看野猪。

仲夏的夜晚,有风。风拂着密密匝匝的苞谷林,叶片发出沙沙沙沙的

声响。

我和哥各自手里拿了一根木棒,弯下腰朝着苞谷地深处走去。

果然,不一会儿,就听到不远处传来哗啦啦的苞谷秆相互撞击的声音和苞谷秆被折断的咔咔声。哥紧挨着我,吓得发抖,我的心也怦怦跳个不停。

我小声说,哥,我俩再挨近一点儿吧。哥僵在原地,死活不肯上前。做为弟弟的我却突然涌出一股勇气,甩下哥哥,朝发出响声的方向爬了过去。

那一夜月光如水。

我轻轻地、悄悄地拨开前面的苞谷叶,眼前的一幕让我呆如木鸡。

我爹在苞谷林中,疤子、泥巴、革命、老狗他们在爹的指挥下,疯狂地掰着苞谷,我爹再用脚把掰过的苞谷秆一根一根地踩倒。

爹赤着膊,挥舞着大手把掰下的苞谷集中在一起,一遍一遍地数,之后一个一个地数给疤子他们。

我看月光下的爹,竟如一个打家劫舍、杀人越货的匪首,那么龌龊、卑鄙、奸诈。

爹在我心目中伟大的形象轰然倒塌,我的心被击得滴血。

我放声哭起来。

爹闻声过来,把我一把钳起来。

我突然一转身,狂奔起来。我哥尖叫着,在我背后连滚带爬地跟着我。

第二天,我没有和爹说话。从此之后,我不再和爹说话,若遇到爹,我便眼一低,侧身过去。

爹再也不呵斥我,有时三兄弟同时做了坏事,哥哥和弟弟都挨打,但我没事。

我拿了一把弹弓,恶狠狠地朝着枣树上的铁钟狂射。

爹坐在门槛上抽烟,一眼一眼地看我,看得出他想和我说话。但我不管。爹丢了一地的烟头,最后闷声走了。

学校"斗私批修",我写了一篇小字报。

一个十分闷热的下午,蝉的叫声奄奄一息。县里和乡里来了调查组。大礼堂里挤满了人,会场里的气氛令人窒息。

我爹突然从人群中站起来,他把搭在肩上的汗褂不慌不忙地穿在身上,脚步坚定地走上主席台。

爹说,别查了,是我干的。

跪下!县干部一声断喝。

爹跪下了一条腿。一个干部飞起一脚,将爹的另一条腿踢弯下去。干部叉开五指,将爹高昂着的头使劲按压下去。

汗像水一样从爹的身上泻下来。

我躲在角落里,看着哭泣的母亲,心头一片茫然。

晚上,我悄悄地躲在枣树下,不敢进屋。

突然,有人摸我的头,我回转身,看到爹赤着膊,穿了一件破旧短裤默默站在那里。

爹又伸手摸我的头。爹说,饿死事小,失节事大。西儿,你是好样的!

我突然一下抱住爹的腿,放声大哭起来。

儒　匪

李永生

　　清朝后期,外夷入侵。世道一乱,盗匪流寇便增多。涞阳西部地区山高林密,匪盗更为猖獗。其中梁柯一伙儿,名气最为响亮。

　　梁柯,字临风,涞阳野三坡人氏,中过秀才。他文武全才,至于为何沦落江湖做盗匪,已无法考证。

　　虽然是个匪盗,但梁柯全无凶神恶煞之气。他仪表清秀、风流倜傥,举手投足尽显儒家风范。常穿一青衫,拈一纸扇。扇面绘有"梅兰图",香梅幽兰,秀肌丰骨,为他亲手所画。画旁配有一诗:兰有同心语,梅无媚世妆。字体银钩铁画,也是他的手笔。

　　梁柯是文人,便多少有些文人喜好风月的癖好。遇红颜知己,总要作诗称赞这姑娘的美貌。"红楼星月启琼筵,碧玉莲花正妙年""芙蓉为脸玉为肤,遍体凝脂润若酥"都是他乘兴而作。就因这喜好,梁柯得了个"风流儒匪"的雅号。

　　这几天,梁柯显得焦躁不安。原因是打劫时,陆六陆七两兄弟被抓,被押入县衙大牢。知县姓马,外号马大帽子,心狠手辣。

　　梁柯决定先绑票,然后"换票"救回两兄弟。这天深夜,绑票得手后,几个小匪用麻袋扛回了知县的小老婆。解开麻袋,一小匪将火把凑近,梁柯望去,见这女人明眸皓齿,由于受到惊吓,浑身瑟缩,双目惶恐,反倒更显得楚楚动人。梁柯亲自给女人松了绑,而后躬身施礼,说:"夫人受惊了!"接着对众匪说:"快请夫人进房休息。"

梁柯亲自端了饭食送入房中,对女人说:"夫人莫怕,在下全无伤害夫人之意。恕在下眼拙,你一定是七夫人?"

女人一惊:"你如何知道?"

梁柯说:"早听说马知县娶了位才貌俱佳的七夫人,也只有你七夫人才会有这样的容貌。"

梁柯又说:"观玉颜听清音乃人生两大乐事,不知夫人能否屈尊抚琴一曲,让梁某大饱耳福?"

七夫人犹豫一下,点头答应。梁柯忙取来古筝。七夫人轻舒玉指挑抹拨揉,便有金声四逸,凄凄切切。一曲弹完,梁柯击掌叫好。

这晚,梁柯与七夫人便在房中弹琴赋词,二人彼此倾心。不觉天已黎明,梁柯站起身说:"夫人,我已给知县大人下了帖子,如马大人答应换人,夫人今日即可回府。"

日上三竿,陆六陆七两兄弟踉踉跄跄跑回山,二人刚见梁柯便一头倒地。梁柯大惊,细看后见两人脸色铁青,显是中毒而亡。一匪搜寻二人尸身,发现一信,梁柯忙拿过来看——

"马某身为朝廷命官,岂能为一女人放纵恶匪。今日正告梁氏众匪,尽快投案自首,否则陆氏二匪下场即众匪来日之结局。"

众匪大怒,指着七夫人说:"杀了她,为两兄弟报仇。"

梁柯说:"她已被马老官抛弃,杀她马老官不会心疼!"众匪茫然。

梁柯散了众匪进屋。

七夫人说:"小女子今生已无所依,公子何不带小女子一起逃走?公子满腹才学,就甘愿一生为匪?"

见梁柯犹豫,七夫人双手端过一杯酒:"我们今夜就走,小女子以此酒为

公子壮行。"

梁柯接过，手腕一翻，酒杯便见了底。

梁柯携着七夫人一路狂奔十余里，七夫人说："歇歇吧！"

梁柯却一头栽倒。这时，四周一片火光，马知县带人围了上来。

知县说："不入虎穴，焉得虎子。老七，你立了大功。咱这'百步倒'真灵验！"他又一指梁柯，"这情种到底死在'情'字上。"

七夫人说："老爷，你可许了我五千两银子！"

马大帽子说："老七，你也是个贱种，恐怕早和这'风流坏子'盖一条被子了吧？我马某怎么能给自己戴'绿帽子'？你倒不如与这'风流种'一道去阴间快活！"

七夫人趴在梁柯身上哭了。

这时，梁柯忽然睁开了眼，一翻身站起来，猛地握住七夫人的双手说："夫人，你只不过是一粒棋子。"

七夫人大惊："你没……死？"

梁柯说："我若死了，谁来照顾夫人？"

他又对惊呆了的马大帽子说："我早知事情蹊跷，马大人一向防范严密，我等怎能轻易就绑了七夫人？"又扭头朝七夫人道："夫人给我酒时，双手颤抖，目光游移，可见夫人内心矛盾，舍不得让梁某赴死……梁某今日只听你一言，可否愿与我长相厮守？"

七夫人使劲点点头。

知县一阵冷笑："果真是'风流儒匪'，死到临头，还有心风花雪月！"

梁柯也一声冷笑，然后猛喝一声："来人——"

话音刚落，身后忽地呼啦啦涌出众匪。梁柯一抱拳："两位兄弟的大仇留给弟兄们报了！"

说罢，抱起七夫人，身形一晃，消失在茫茫夜色之中。

提意见

李国新

有次吃饭的时候，领导讲了一个笑话。

有个地方的领导下基层搞调研，群众被召集在一起。领导说："同志们，我这次下基层，主要是来征求大家对我工作的意见的。请大家有什么说什么，我会虚心听取，认真反思，无则加勉，有则改正。"

见大家都不作声，领导就笑着说："大家都说说，不要怕啊。"

大家异口同声地回答："我们没有意见可提。"

领导有些生气了，对大家说："我不信，你们肯定有意见，难道是怕我听不进意见？我话说到这里，今天你们不提意见，我就不回去。"

大家见领导态度这么强硬，这么诚恳，有一个人就站出来问："你是不是真心要我们提意见？"

领导点头说："这位同志，我是真心真意请大家提意见的，你先提一条，我专心听。"

突然，这个人指着领导的鼻子，破口大骂起来："你这个狗官，你以为你很正直吗？你以为你很清白吗？你以为你真心实意爱民如子吗？你以为你没有以权谋私吗？你以为你完美无缺吗？"

领导被这个人的一阵怒骂弄蒙了。但领导就是领导，领导是有涵养的，

当场没有和那个人直接发生口角，依然笑着问："这位同志，你提意见，不要这么激动，也不要骂人，要举例子，事实胜于雄辩嘛！"

这个人依然语气很凶："你在上面，我在下面，你做过的一些龌龊事鬼晓得，但我可以这样说，你的老婆不会是下岗工人，应该在一个很轻松的部门工作，说不定是个有钱有势的干部；你的子女若不是董事长，就可能早都出国了，最不济也是在最好的行政机关工作；你住的、吃的、玩的、坐的都是我们人民群众没有的……"

这个人的一番话，把领导搞得脸色苍白，当场下不了台。

领导把这个笑话讲给大家听，大家哄堂大笑，都说这个提意见的人，胆子大，有"舍得一身剐、敢把皇帝拉下马"的气概。

讲笑话的领导也在笑。

事过不久，这个单位的领导在一次会议上征求大家的意见。

领导把大家召集起来，说："上面要求我们干部征求基层群众的意见，我请大家给我们领导班子提意见。"

大家笑着说："我们单位的领导很好，没有意见可提啊！"

领导说："人民群众的眼睛是雪亮的，这是给大家的一个机会啊。不管是大意见小意见，都要给我们提几条的，这是任务。不提不能过关，不提意见就是有意见，就是最大的意见！"

没法子，大家就给领导们提了一些轻描淡写的意见，比如单位学习气氛不够以及领导下基层不够、关心干部进步不够云云。

领导听后很满意，就对大家说："你们这些意见就提得很好、很深刻啊！"

此后，单位抓学习的气氛相当浓厚，且制定了措施，每周组织大家学习，每年每个人的学习笔记达八万字，可以出版一部书了。还有领导在大会上讲，每个同志一个星期必须下基层搞调查，对下基层搞调查增加了一定的工作经费，大家皆大欢喜了。提意见的几个同志，都得到了重用，分别当上了科长、主任或后备干部。

大家都说，我们的领导真是好领导。

匪　事

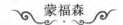
蒙福森

秋风起,芦苇黄。

平湖村几百里长的河湾,生长着大片芦苇。芦苇春夏青,秋冬黄。一入秋,芦苇逐渐变黄,芦花像漫天飞舞的雪,白茫茫的一片。在一阵接一阵的秋风里,芦花飘飘扬扬,把深秋的平湖村搅成了漫天雪白的世界。

每到芦花飘荡时,大桂山的土匪就会到村里抢秋。说来就来。

那年,芦花五岁。芦花出生时,芦花像雪一样飘飘悠悠。爹从地里回来,看了一眼像小猫般蜷在被子里的芦花,说了一句,这女娃叫芦花吧。芦花就叫了芦花。

土匪抢秋时,芦花爹想,咱穷人家,除了水缸里有水,其他啥也没有,土匪抢的是有钱人家,咱家一贫如洗,土匪不稀罕。

深夜,土匪的火把映着爹惨白的脸,抢走了藏在地窖里的几包粮食,还掳走了芦花三岁的弟弟小芦苇。

土匪要一百块大洋赎弟弟,爹哪拿得出,眼睁睁地看着日子一天天过去。期限一过,爹绝望了,一大口鲜血喷出来。半夜,爹就咽了气。

芦花只记得,弟的眉心间有一颗大黑痣,右脚底下有一处深深的疤痕。

隔一年,娘也走了。

111

娘临死前像爹一样,一双眼睛怎么也闭不上,断断续续对芦花说,我走了,可怜你弟,尸骨无存……

芦花吃百家米长大。

一年年芦苇青,芦苇黄。日子就像河湾里的水,慢悠悠地流淌着。

一晃,十几年过去了。

大桂山的土匪,换了匪首名叫黑三。黑三比老匪首更心狠手辣,杀人越货,奸淫掳掠,无恶不作。周围村庄的老百姓对他们恨之入骨,也闻之变色。

又是一年芦苇黄,芦花飞,一队国军进驻平湖村,官府要剿匪了。听说,土匪招惹了省政府的人。

枪声在一个深夜骤然响起。断断续续的枪声整整响了一夜。

早晨,村里人说,土匪被全部歼灭,唯一漏网的是匪首黑三和他的贴身护卫小匪,国军正在方圆十几里的村庄路口设卡搜查,并到处贴出通缉布告。

芦花像往常一样磨豆腐。正磨着,突然一阵急促的脚步声由远及近地传过来了。芦花稍一愣神,就有一个人跑进来,后面传来一阵嘈杂声、脚步声。

那人一脸惊慌,一把抢过芦花的石磨杆,说:"求求你,一会儿有人追来,你……你就说我是你……你弟弟。"

话音未落,几个国军追进来。那年轻人在磨豆腐。芦花待在一边。

"你见到一个人跑进来吗?"国军打量着年轻人,对芦花说。刚才逃跑的是匪首黑三的贴身小匪。

芦花看了看那个人,一张年轻幼稚的脸,芦花想说,他就是。但说出来的话却是:"他……他是我弟。"芦花不知道自己为什么说谎,连她自己都不知道。

国军走后，那个人感激涕零，对着芦花扑地跪在地上。

"你快走吧！"芦花说。芦花恨土匪，恨他们掳走弟弟，恨他们害了爹娘。但对这个小土匪，她却恨不起来。

小土匪敲了敲芦花家的柴房门，一个人走了出来——他就是匪首黑三！芦花惊得张大了嘴，她不知道，黑三什么时候躲在她家柴房里。

黑三和小匪走了。芦花的大脑一片空白。

不到一分钟，黑三和小匪又回来了——是被枪指着脑袋慢慢退回来的。几支枪指着他们，是国军。

"放下武器！"国军大声命令。

黑三慢慢放下手枪，就在他的枪快要放到地上时，他突然一跃而起，紧紧地揽住芦花，用枪指着她的头，大声喝叫："你们退出去——否则，我杀了她！"

几个国军无动于衷，几千大洋的奖金，他们不会为一个普通老百姓而放弃。

"滚出去！再不出去，我杀了她！"黑三声嘶力竭地叫。

国军冷笑，举枪。

黑三对着芦花开枪了——就在他开枪的一刹那，"不！"小匪大喊，猛扑过去，一下子把黑三扑倒在地，几乎同时，一阵枪响，黑三和小匪被打成了马蜂窝。

黑三气绝身亡，倒在地上。芦花这才发现，黑三的眉心间一颗大黑痣赫然在目，芦花愣了愣，急忙脱了他的鞋，右脚底果然有一道深深的疤痕。

芦花跪在爹娘坟前，流着泪："爹、娘，弟弟找不到了，他死了，他在被土匪掳上山时就死了……"

远处，无边无际的芦花如雪，一团团，一簇簇，飘飘洒洒，天地间白茫茫一片。

王的疼痛

游 睿

在王的养心殿门口，将军被拦了下来。侍卫说，王有令，不见将军。

这一次，将军专程从南疆赶回来见王，他有整整十年没见到王了。一路上将军的内心激动不已，他觉得一刻也不能耽搁，他相信王一定会迫不及待地想见他。但没想到，结果竟然相反。

将军把双手叉在腰间，来回踱着步子，盔甲和佩剑顿时霍霍作响。片刻之后，将军从腰间取下一块玉佩交给侍卫说，请再去禀报，把这个交给王。

很快，侍卫就传出话来，王请将军持刀觐见。

将军惊诧不已，为何要持刀？思索片刻之后，将军还是接过了侍卫手中那把明晃晃的大刀。

侍卫在前，将军在后。朱红色的走廊两旁全是垂柳，其间是随处可见的假山亭榭。一种久违的熟悉感顿时迎上心头，将军禁不住一声叹息。

走进大堂，侍卫赶紧退下。将军尚未站定，就听到一个浑厚的声音说："本王不想见你，你却拿出本王送你的玉佩。说吧，见本王何事？"

将军循声望去，只见一把金黄色的椅子背对大堂。椅子上王的背影如衣架撑起王袍，几缕花白的头发醒目地从椅子空隙里透出来。

将军说："我连续上呈八道折子，王可曾收到？"

王说:"逐一收到。"

"既然收到,王为何视而不见?"将军提高音量说,"我和战士们镇守边关多年,历年王都拨款拨粮,为何今年迟迟不拨?"

王说:"还有何事?"

将军皱起了眉头说:"看来,王真是置我和边关将士于不顾了。难道王忘记了,你我情同手足,你真不顾我的死活?"

王哈哈大笑一声说:"我怎会忘记? 我年少时习武,陪我练剑的是你;我登基那年,有人要谋反,冲锋在前的是你;登基之后,外敌频频来犯,主动驻守边关的还是你。我把自己随身携带的玉佩给你,就是把你当自己的手足一样看待。"

"那么,为何现在这般对我?"将军说,"或许王无法想象,边关有多艰苦,将士们有多艰难!"

王说:"南疆就如我朝的一条大腿,你的疼痛,我怎么会不知道? 这些年来,我们通过联姻,辽人和我朝关系一直平稳,你驻守以来无一天战事,本王从不缺你一粮一草,你在边疆天天歌舞升平,难在何处? 苦在何处?"王又问,"你可知今年内地蝗灾四起,数十万百姓食不果腹,是他们难还是你难?"

将军说:"内地受灾我自然听说,但这两件事不能相提并论。没有边疆的安宁,何来内地的稳定?"

王叹了口气说:"爱卿,你离开京城多少年了?"

将军说:"不长不短,正好十年。"

王说:"十年了,你知道十年会发生多少变化吗?"说完,那把金黄色的椅子缓缓地转了过来。

将军看到,王花白的头发下面,是一张布满皱纹的脸。王瘦小的身子搁置在椅子中间,若不是两只手扶住扶手,似乎立刻就要倒下去。王的身旁,醒目地放着一根拐杖,将军看到王的左腿似乎萎缩了一半,直直地挂在身子上。将军睁大眼睛说:"王!"

王挥了挥手说："你不必惊讶。这就是十年来的变化,你之前看到的王已经老了,而且还废了一条腿。"

将军凑上前说："这是什么时候的事,怎么会变成这样?"

王看了看他说："把你手里的刀拿过来。"

将军随即一愣说："王为何让我带刀觐见?"

"我是想让你试试,割我左脚一刀看看疼不疼。"王说着,撩起左脚的裤腿,露出干瘦的肌肤。

将军赶紧跪下说："万万不敢。"

"你不敢?"王哈哈一笑,说时迟那时快,王一挥手,就从桌上抓起一把匕首,一道寒光闪过,匕首直直插入王的左腿。顿时,鲜血直流。

"王!"将军惊呼,赶紧上去扶王,却被王一把推开。

王说："你是不是觉得我很疼?"不等将军回答,王又说,"这条腿自从废了以后一直都是麻木的,毫无知觉。"

"怎么会不疼?"将军疑惑。

王一把拔出匕首,吹了吹上面的血说："如果疼,我还能这样?这条腿健康的时候,哪怕有一丁点儿不舒服我都知道,可是废了以后我才明白,我们感到有些地方疼痛,其实是错觉。真正的疼痛,并不在那里。"

"在哪里?"将军依旧不解。

王一动不动地看着将军,将军不由得打了个寒战。半晌,王才指了指自己的头说："在这里。所有的疼痛其实都在这里。当头感觉不到某个地方疼了,那个地方一定是废了,烂掉了,就像这条腿一样。"

将军顿时额头冒汗,手中的刀悄然滑落。这时却听见王大声说："你退下吧,把那把刀带回去!"

母狼的交易

徐国平

父亲说他小的时候喝过狼奶。

起初，我不信，以为父亲吹牛。父亲就用手指指一旁抽闷烟的爷爷说："不信问问你爷爷。"

爷爷只是淡然一笑，不置可否。

爷爷早年闯过关东，是个猎手。在我的记忆中，他留下的故事很多。最多的是关于他在深山老林亲历的传奇。

那是一个微风徐徐的午后，爷爷睡过午觉，习惯地拎着马扎，来到门外的那棵老槐树下。我给爷爷沏了一杯清茶，端到爷爷身边。几个孩子正在树下玩着狼吃小羊的游戏。

爷爷轻轻饮啜了一口，瞧着那些嬉闹的孩子，说："你爹小时候真的喝过狼奶。"我一怔。爷爷沉默了一会儿，便娓娓道来。

那年，秋忙过后。爷爷备足干粮，一个人扛着猎枪钻进了深山老林。无意间，爷爷在一个洞穴里发现一只嗷嗷待哺的狼崽。母狼可能外出觅食去了。

狼崽毛色深黑带黄，长嘴利牙，其状凶恶。见此，爷爷动了心思。跟随他多年的猎犬前些日子被熊瞎子咬死了。如果把狼崽驯服，跟家犬交配，就能再培养出一只凶猛的猎犬。

狼崽被爷爷带回家,关在一个铁笼子里。有人担忧:"你把狼崽逮回来,母狼会不会来报复?野狼可是最残忍的动物啊!"

爷爷大大咧咧地说:"怕它没这能耐!"

狼崽野性十足,毛发倒竖,龇牙咧嘴,不停地嘶叫。即使饿得嗷嗷叫,也不肯吃东西。爷爷知道,抓回的野兽都这样,不会轻易被驯服。

奶奶瞧着有些不忍。爷爷说:"不用管它,先磨磨它的野性。"

三天过去了,狼崽明显消瘦了,爷爷故意投进一些家禽的内脏,试图吊起狼崽的胃口。可狼崽不为所动,不停发出孱弱的嗥叫声。特别是到了夜里,发出的呜咽声更为凄厉。

奶奶就央求爷爷:"快把狼崽放了吧,听它的叫声,就像吃奶的孩子没了娘一样可怜。要是母狼听到了,准会来寻找它。"

第四天,狼崽还是拒不进食。奶奶就挤了一罐羊奶喂狼崽,谁知狼崽毫不领情,只嗅了嗅便转了头。

爷爷无计可施,只好动粗用力扒开狼崽的嘴,强行灌羊奶。

也就在第五天,临近晌午,爷爷到县城卖兽皮还没回来,奶奶将吃过奶熟睡的父亲放在炕上,去羊圈里撒料喂羊。待回屋的时候,奶奶惊呆了——父亲不见了。

奶奶号啕着,跟一帮邻居四处寻找了一个下午,直到爷爷回来。有人

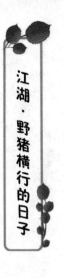

说："是不是被母狼叼走了？"爷爷方才意识到后果的严重性。

难道，母狼真的来报复了？想来，父亲是凶多吉少。

隔日一早，透过薄薄的晨雾，早起抱柴的人，隐约发现一只母狼獠牙凸出，一对眼睛闪着蓝光，蹲在屯子口的大道中央。

爷爷一夜未眠，正憋在炕上急躁不安地抽旱烟。听到有人尖叫狼来了，噌地抓起猎枪就冲出门外。

爷爷一眼望去，惊讶地发现母狼并不是独自来的。在母狼的身子底下耸动着一个婴儿。婴儿并没有死，张着粉嫩的小手，正津津有味地吸吮着母狼的乳汁。母狼安静地任由婴儿吸乳。

奶奶眼尖，瞧准了，婴儿那身红彤彤的衣裳，再熟悉不过，是她用自己的旧衣服改做的。

是响儿。响儿是父亲的乳名。

爷爷也瞧准了。瞬间，也明白了母狼的意图。

母狼劫持了父亲，却没有加以祸害，是想用来换回狼崽。

爷爷忙摆了一下手，示意隐藏在灌木丛里的几个猎人，放下手中的猎枪。

接下来，爷爷疾步跑回家，抱起那只狼崽，提足胆量，一步一步缓缓走到母狼近前，然后，放开狼崽。狼崽霎时来了精神，撒着欢儿，跑到母狼身前。

母狼的眼中多了几分温柔，充满感激地望着爷爷。最后，离开身下的父亲，叼起那只狼崽慢慢地走到白桦林，还回头望了一下，就消失了。

说到这里，爷爷恍惚又身临当年的场景，心有余悸地说："当我抱起你父亲的时候，看到他嘴角淌着的狼奶，也很后怕，这可是一场生死交易，庆幸那只母狼没有违约。"

最后，爷爷说，从那以后，他再也没打过猎，举家迁回祖籍老家。

再后来，我把这个故事讲给好多人听，大都不信。

我只有说，爱信不信。

响 担

杨海林

我们这里现在叫清江浦区,过去叫杨家圩,和清江浦八竿子也打不着。这话也不对,杨家圩南边就是钵池山,靠山吃山,圩里的木匠特别多。他们伐树,打成各式家具,挑到清江浦去卖,五更起,八九点钟也就到了。

清江浦离杨家圩有四五十里地,杨家圩的木匠们,就靠一条扁担来来回回。

手艺再好的木匠,从来也不敢轻慢肩上的扁担——得挑个好日子,得去请李瘪爪。

程禹山带李瘪爪去学手艺的时候,师傅看他左手是胎里带的残废:总是伸不直,又拗向自己的胸口。

他这样的人,学什么手艺哦?

可是程禹山在钵池山是数一数二的人物,他一个小小的木匠哪里得罪得起?

想来想去,教他做起了扁担。

令程禹山没想到的是李瘪爪的手艺很快超过了师傅:他做的扁担重而厚实,就是压上千斤也不会弯一点点儿。李瘪爪做的担翅薄而轻巧,刚上肩时两头耷地,一起身就两头弹起,如帽翅般不停摆动。

李瘸爪起先只是念着大家的好,以为别人请他做扁担是看程老爷的面子,好歹给一口囫囵饭吃,后来就不这样想了:清江浦离杨家圩那么远,你打的家具再好,挑不过去,卖鸡的碰不着买鸡的,一样白瞎。

挑行里看重扁担,说"七分力气,三分扁担",而李瘸爪的是"三分力气,七分扁担"。所以他在做扁担时就格外认真:得知道你是挑哪一样的,得知道你的脾气秉性——摸清楚这些,一条扁担在他心里也就成形了。

然后上到钵池山,确定树木的种类、算好它的光照以及生长的海拔高度,锯回来后劈梭刨磨,一根扁担才做得出来。

清江浦警察署落成的那一天,一群警察来到了杨家圩。

他们要程府门口的一对石狮子。

"杨家圩的木匠们没少得到诸位的关照,送点儿礼物也是应该的。"程禹山脸上堆着笑,摸了摸那几吨重一个的石狮子,"请几个壮汉帮着运到车上,算是庆贺落成。"

"那哪儿成呀,给警署的礼物,得劳烦您亲自送去。"

一帮人呼啦一下子走了。

程禹山瘦得像只鸡似的,他哪儿弄得动这两个大家伙呀?

说着话,李瘸爪来了,他用那只好手拍拍其中的一只石狮子:好沉。

不过没事儿。我给您做一根响担,咯吱咯吱就挑到清江浦去了。

响担?

对。

这可是两只石狮子,能挑得动吗?

没事儿,我的响担,咯吱咯吱,挑到哪儿,响到哪儿,挑担的人听了心里惬意,能省不少力气。

响担是怎么做成的没人知道,响担是什么样子,见过的人也不是特别多——但是李瘸爪做出来了,程禹山很轻松地把两只石狮子在警署门口放好时,警察署署长惊得一下子跳了起来。

再看那条响担：柏木做的，不但薄，而且还镂了空。

手一抠，一块木屑就掉落下来。

"就是个做苦力人的玩意儿，怕脏了您的眼。"程禹山说，他招呼下人，"放到我的烟馆里去吧。"一直摆了很多年。

有一年，程禹山到烟馆里盘账，忽然看到了这根响担。

"是个好玩意呀，竟能挑得动一对石狮子。"

程禹山拍拍手——这个时候，他和警察署署长早已成了朋友。

他对警察署署长说："那对石狮子，是我们钵池山里景慧寺的老物件——明朝的哩。我得把它挑回去。"

警察署署长也很好奇，要亲自把它们挑着送回去。

程禹山不让。

程禹山在响担两头各绑了一捆绳，挑着响担往警察署走。

刚走了几步，程禹山就觉得肩上好像压了座山，他想放下响担，可是哪里放得下呀？

噗，他吐了一口血。

那个时候，李瘪爪死了好几年了。

警察署署长一直把响担收藏在家里，直到有一天酒罢归来，他听到"咯吱"声响，脑后被什么东西狠狠一捆。

在医院里住了一个月，他想起来了：捆自己的好像就是那根响担。

回家寻找，哪里还有响担的影子。

吃码头

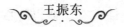

王振东

俗话说:靠山吃山,靠水吃水。赊店有一帮人专门在码头装卸货物,挣些力气钱,这帮人戏谑地称他们是"吃码头"。

赊店被潘、赵两河三面环抱,水运十分发达,沿河修建了不少码头。这些码头大多由商家共用,但也有一些财大气粗的商家自建码头,为的是进出的货物畅通无阻,省却了排队装货卸货的麻烦,增加了吞吐量。由于装船卸船的货物都需要搬运,"脚力"便应运而生。

在脚行没有形成之前,这些脚力三个一伙,五个一群,没活儿时就聚集在一起,或在地上画出六纵六横的交叉线段,两人持石子、木棍儿"占方",或谈论女人,说到关键处,总会爆出嘎嘎的笑声,肆无忌惮,无遮无拦,惊得河上的鸟儿乱飞。但一有船来,众人立马爬起来,像捡炮似的,一齐涌向船舱,争抢活路。

仝三在戴家的自建码头当脚力。这个仝三似乎不太合群,没活儿时,独自蜷缩在一旁,有活儿时也不去争抢,等众人都抢到活儿后,剩下的活儿才归他干。这样觅到活儿的机会往往不多,所以,他的收入远不如其他人。

原来,仝三的脚有点儿跛。半年前,他在卸盐包时砸伤了脚,休养了五个月,前几天才回到码头。这次事故,不但让他花光了积蓄,脚还落下了残

疾。按说脚跛后就不适合干脚力这一行了，可仝三无钱做买卖，清闲活儿收入又少，为了养家糊口，只好还干收入相对较高的脚力。那时不像现在就业岗位多，能挣钱的地方实在太少。仝三选择继续干脚力实属无奈。

这天，一艘商船逆流而上，停靠在戴家码头。一看货物的包装，便知运的是茶叶。还没等船停稳，众人便一哄而上。

"慢着！"一声断喝，把众人吓了一跳，扭头一看，见一个脸上长满疙瘩的壮汉铁塔般立在码头上。是脚力高尚。

"都下来，这船货让仝三卸！"高尚伸出的右手向怀里勾了勾，朝船上的脚力喊道。

"凭什么让他卸？码头上的规矩历来都是谁抢着活儿谁卸！"长得又矮又胖，已抢到卸货权的小个子金说。

"从今天开始，这个规矩得改一改。"

"哟，你高尚真是高尚啊！你是班头儿还是船主？你说改就改？"小个子金讥讽道。

"我既不高尚，也不是班头儿、船主，只是觉得不能让老实人吃亏。"

小个子金皮笑肉不笑地说："事儿没这么简单吧，是不是仝三给了你什么好处？"

高尚瞪了小个子金一眼："胡扯！"

"那仝三是你的亲戚？"

"放屁！"

"这也不是，那也不是，难道是你看上了他老婆？听说他老婆可水灵呢！"

高尚再也忍不下去了，一把攥住小个子金的衣领，将他提了起来："再胡说，老子把你扔到河里喂王八！"

小个子金双手推着高尚说："别，别，改还不行吗？"

高尚正色道："弟兄们不要忘了，仝三的脚是怎么伤的。"

"为戴家卸盐时让盐包砸伤的,弟兄们都知道。"

"对呀。卸盐是个出力大、相比卸其他货物挣钱还不多的活儿。盐包死沉,没人愿意卸。戴家掌柜放出话来,若再没人卸,以后永远别在他的码头上干活儿了。为了让弟兄们都混口饭吃,正是全三不怕出力,把盐卸了,最后累得摔倒在地,才砸伤了脚。你们说,这样老实的人,能让人家吃亏吗?"

"不能!"众人异口同声。

一旁的全三看到这一幕,眼圈儿红了。

高尚双手掐腰,声如洪钟:"从今天开始,我们成立脚行班,有活儿一起干,有钱一块儿挣,再也不能抢活儿了。"

众人哗哗地拍起手来。

从此,赊店首个脚行班在戴家码头正式成立,众人一齐推举高尚为班头儿。

座 位

夏艳平

陶公柏走进县委常委会议室的时候,看到里面坐着的人个个都埋着脑袋,不是在看着什么就是在记着什么,全都一副面临大考的样子,连他这个新来的县委书记进来都没有一点儿反应。

莫不是走错了地方?

陶公柏停住脚步,回头往门外看了看,他想问问刚才领他进来的秘书小张,却不见了小张秘书的踪影。

陶公柏只得自己往里走。

走了两步,陶公柏就发现,那些把头埋在书本上的人,还有那些忙着写东西的人,其实目光都折到了他的身上,他向前走一步,那些目光就跟着往前挪一步,像舞台上的追光灯一样,紧紧地贴着他。

陶公柏的脚步有些乱了。

陶公柏暗暗告诫自己,不能乱,今天是他上任后主持召开的第一次会议,也是他作为县委书记的第一次登台亮相,咋能乱呢。

陶公柏缓步走向那个属于他的座位。他知道,这里面应该有一个属于他的座位,他还知道,那座位应该在什么地方。

陶公柏一步一步地走着,尽量走得沉稳。可走到那个座位旁,还是乱了。这次是心乱了，因为那个座位已经有人坐着了！

坐在那个座位上的是县委副书记林志强。林志强连任两届县委副书记，在原县委书记提拔后，曾主持过一段时间全县的工作，而且口碑不错。

陶公柏边走边轻轻地咳嗽着。他想，听到他的咳嗽声，林志强也许会站起身来，把位子让给他。

林志强应该把位子让给他，尽管此前有传言说林志强要当县委书记，但传言不等于事实，现在他才是组织上任命的县委书记。

陶公柏走到了林志强身旁，林志强却没有一点儿反应。

陶公柏只好又咳嗽了一声，再咳嗽了一声，他连着咳嗽了好几声，而且一声更比一声高，一声更比一声紧。可他的咳嗽声像是给林志强加油鼓劲似的，林志强坐得更稳了。

陶公柏知道不能再咳嗽了，即使把嗓子咳出血来也不顶用，林志强明摆着是跟他较劲的。在林志强眼里，他陶公柏不过是市委书记的秘书，下来前虽说是市委副秘书长，正处级，但那也是突击提拔的，资历还是太浅了。更重要的是，他一点儿基层工作经验都没有，是个"空降兵"。基层的同志最恨的就是他们这些"空降兵"。

陶公柏注意到，那些折射过来的目光已交织成了一张网，他像一个猎物，被网在了中央。他必须尽快挣脱那张网。

陶公柏将手中的公文包重重地放在了林志强的面前，可林志强仍坚如磐石地坐着，连看都不看他一下。

陶公柏有些沉不住气了，身上的血不停地往上涌。他真想一把将林志强拉起来，再给他两个大耳光。陶公柏内心那样想着，外表却很平静，他抬头向四周看了看，然后转过身，缓缓地向洗手间走去。

陶公柏拧开水龙头，把原本干净的手一遍遍地洗，洗完手又洗脸。自来水凉凉的，洗着洗着，身上的血就不再往上涌了。

出了洗手间，陶公柏径直朝门口走去。

就这样走了？众人疑惑地看着陶公柏，陶公柏却突然停在了门口处。陶公柏对着门外喊了一声小张，刚才领他进来的那个秘书应声而至。陶公柏对小张说："你去把我办公室的那张椅子搬过来。"

小张很快就扛着一张黑皮转椅进来了。陶公柏说："就放在林副书记旁边。"陶公柏把副字说得很响很长。

小张放椅子时有点儿慌乱，椅子腿碰在地板上，发出"砰"的一声响。听到响声，林志强的身子晃了一下，跟着脸也白了。

陶公柏看到小张摆好了椅子，就几步走了过去。他站在椅子前对大家说："同志们，这把椅子是我来报到之前，市委刘书记送我的，我虽不要，刘书记却坚持要送。他说，你也许用得着呢。没想到今天还真的用着了。"

陶公柏说完兀自笑了一下，他笑得很夸张。他一笑，会议室的气氛就开始变了,原先昂着头的林志强把头低下了,那些低着头的人却把头抬了起来,眼睛亮亮地看着陶公柏。

陶公柏说:"闲话不说了,现在开会。"

陶公柏滔滔不绝地讲了起来,每讲至精彩处,会场就响起一阵热烈的掌声。

会议结束时,陶公柏发现,林志强坐的那个位子空了。

半截牌坊

雨　瑞

　　清朝咸丰年间，六安城里三道巷中住了一户人家。男人姓陈，人称陈老五；女人姓史，几乎没人知道她叫什么名字，只听人叫她史大脚。两口子有三个儿子和一个丫头，最大的才十岁，小的只有两岁。在清代，女人以脚小为美，因此，女孩子从幼年开始就要裹小脚，人为地造成所谓的"三寸金莲"。史大脚幼年时性子野，每次裹脚的时候都要大哭大闹，后来父母实在是心疼，便没有坚持给她裹脚。在那个年代，女人大脚被称为"天足"，是要被笑话，被看不起的。所以史大脚便有了这样一个不雅的绰号。

　　陈老五的职业是"革匠"。这个行当现在已经基本消失了，就是专门给人家做棺材的，其实也是木匠的一个分支。当然，陈老五还有一个隐秘的职业，那就是"倒斗子"，也就是盗墓挖老坟。

　　话说这一天晚上，陈老五趁着月色溜出了门，出去"开工"了。谁也没想到的是，这一次，由于盗洞塌方，陈老五被埋在十几米深的盗洞中，悄无声息地结束了他并不光彩的一生。当陈老五的搭档跑回来将这一噩耗告诉史大脚时，史大脚眼前一黑，顿时昏厥。

　　史大脚为了全家能糊口，便到大户人家找些针线活儿来做，人家赏个仨瓜俩枣的，买点粮食掺上野菜熬粥度日。可孩子们一天天长大，胃口也越来越大,于是他们家锅里的粥便越来越稀了。

史大脚成天长吁短叹,心想这样肯定是维持不下去的。

有一天,史大脚在整理丈夫的衣服时,突然生出一个大胆的念头:我能不能去做死鬼丈夫的营生呢?丈夫先前开工,一时找不到合适的搭档,便拉上史大脚做过帮手。日子长了,这一行的技术和窍门她也就大致了解了一些。好在丈夫使用的家伙都还在,开起工来倒也无须准备什么了。

"倒斗子"这一行最关键的技术是找墓。一般来说,挖洞干活儿学学就会了,可找墓就得看你的道行了。这门技术一般是不外传的。总的来说,明代以后陪葬的习俗就淡了,随葬品也就少了。要想找到好玩意儿,必须是宋代以前的古墓,最好是春秋战国时的。那时候青铜器比较多,陪葬也隆重。如能搞到一件青铜器,就发财了。可是,越是年份久的墓葬越难找,因为日子久了,封土堆便平了,从地面上便看不出有什么迹象了。有些古代贵族的大墓为防盗掘,往往故意埋得很深,在地面上不留封土堆。但世上的事总是有规律可循的,找墓也是一样。有经验的老把式找墓,一般有以下几种方法:一是看地面干湿,这要在下了一场小雨之后才行。雨要下得不大也不小,下半个时辰要马上止住。这时候,地下有墓葬的地方,地面的土会先干。如果发现地面上有一块与周边的干湿不一样,现出一个方框的话,那十有八九就是下面有墓了。二是看庄稼,一般来说,下面有古墓的地里的庄稼会比旁边的庄稼长得差一些,因为古墓上面是夯土层,它对土壤养分的供输形成阻碍,庄稼的营养受到了影响,要不长得矮小些,要不叶子发黄。三是看风水,古代对风水是相当看重的。一般贵族的墓葬,一定会选在风水好的位置,所以找古墓只需在风水好的地方着眼。风水不好的,则完全用不着去关注了。四是看地面上的碎陶片。如果地面上发现有年代久远的碎陶片(可以从陶胎和纹饰上判断),一般来说,这一带地下要不有古墓,要不就有古遗址。

陈老五生前,经常在酒后跟史大脚炫耀他找墓的绝活,所以史大脚也就

大致掌握了一些窍门。经过一段时间的观察寻找,史大脚终于找到了一个汉墓,掏到了几件不错的玩意儿。丈夫生前出货的下线她是都知道的。于是她将这几件东西带去,说是丈夫以前留下的。在清代,做古董生意的行家都有独特的眼光,东西一过眼,便知道是不是"生坑货"(出土文物)。这个老板知道史大脚的丈夫就是做这行的,也就不怀疑东西的来源了。

有钱了,日子便好过了。史大脚不仅让孩子们吃好了穿好了,还花了一大笔银子请了个私塾先生来家授课。她要把几个孩子都培养成为有出息的人。

史大脚不常开工,每年只做两三次。她并不想靠这个发财,只要够孩子们的花销就行了。日子久了,那个下线买家也就知道她拿来的东西并不是陈老五留下来的,而是这个女人自己去刨的了。只是心照不宣,不去点破而已。

转眼好多年就过去了。史大脚的女儿已经出嫁,三个儿子都很争气,两个中了举人,一个中了进士,一时在六安城中传为佳话。

由于操劳过度,史大脚五十多岁就因病去世了。新到任的六安县令听说了史大脚的事,顿时大感兴趣,便向朝廷上了一道表,请朝廷予以表彰嘉奖。这道表被皇上看到了,皇上也颇受感动,下旨从国库拨银五百两,让六安地方为史氏立一牌坊,并亲自为牌坊题了一道匾,匾文为:孟母再世。

牌坊刚建到一半时,突然出了个意外。那个专收"生坑货"的老板东窗事发,被抓了起来。稍一用刑,他便供出了当地的几个倒斗子的惯犯,其中便有史大脚的名字。

县令这下犯了难,赶紧下令让牌坊停工,又写了一道检讨折子呈上去,请求朝廷处罚自己的失察之罪。没多久,朝廷发来公文,将这位县令削了职。

牌坊工程自然是不能再继续了,但县令已去,也没人愿意多管闲事去拆那半截牌坊。于是,这半截牌坊,在六安城中竖了好几年。后来,城西要修一座石桥,新任县令便让人将牌坊的石料拉去做了修桥的材料。

牌坊虽然不在了,可这"半截牌坊"的故事,却代代相传,传了好多年。

太史简

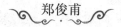
郑俊甫

我是被一阵哭声惊醒的。不仅是我,我们弟兄四人都是被这一阵哭声惊醒的。

作为齐国的史官,大哥太史伯一直教导我们,世界那么大,人心那么乱,每天都有意料不到的事情发生。但不管外面怎么乱,史官不能乱,史官要做的,就是为纷乱的结果找到真因。

真相只有一个。大哥每每在我们遇到岔路的时候,就让我们默念这一句,然后像礼佛的僧人一样,清心前行。

为了给自己营造一个清静的环境,大哥把录简的工作放在了晚上。下午小寐,闭门谢客。

然而这一次,无论如何是寐不成了。外面哭声震天,大哥说:"怕是谁家又没了先人吧。"

出了门,见到的竟是上大夫晏子。晏子是个很讲究的人,平日里喜怒不形于色,便是形于色了,你通常看到的也是弥勒佛的一面。

大哥惊讶地扶住晏子,问他出了什么事。

晏子顿足捶胸,那样子比丧了考妣更叫人难受:"太史伯,大王……薨了。"

"怎么可能? 昨日大王还跟一帮武士比骑射,箭能射百步,怎么今天就……"

晏子止住哭声,断断续续地讲述了事情的经过。

庄公喜欢上了大夫崔杼之妻东郭姜,动不动就带着随从以礼贤下士的名义到崔杼家访问。其实是借着崔杼外出的机会偷会东郭姜。对于这位上级给自己戴的绿帽,崔杼心知肚明,怀恨在心。这天,庄公又去了崔杼家,这一次,他没有避开崔杼,不但当着崔杼的面对东郭姜抛着媚眼,还把崔杼的帽子赏赐给了随从。"君子死而冠不免",这侮辱最终使崔杼动了杀心,一阵乱刀让庄公死于非命。

"崔杼弑君时,我就在他的府门外,眼睁睁看着,却无能为力。"晏子又开始号啕。

"为人臣者,君忧臣劳,君辱臣死。"大哥搡了晏子一把,怒道,"上大夫为什么不跟大王同赴难?"

晏子一边呜咽,一边辩解:"大王若为社稷而死,我也会为大王而死;大王若为社稷而逃亡,我也会为大王而逃亡。可是,今天他是为了自己的错误而遭难,我觉得不该为这样的错误去殉难呀!"

大哥狠狠一跺脚,刚要辩下去,外面响起了杂乱的脚步声。

是崔杼派来的侍者。侍者传话说,让大哥马上过府说话。

晏子慌乱地盯着大哥:"他这是要急着抹平这件事呀。"

大哥冷笑一声,转身进了屋。片刻,大哥抓着一卷竹简出来,竹简上是一行瘦长的大篆:"夏五月,崔杼弑其君。"

晏子抓着大哥的手说:"太史知道此去意味着什么?"

大哥说:"知道。"

大哥又转身叮嘱我们:"照顾好家人。"头也不回地走了。

半个时辰,崔杼的侍者又来了,传二哥太史仲。

二哥像大哥一样,在竹简上工整地写上"夏五月,崔杼弑其君",昂首出了门。

又半个时辰，侍者再来，传三哥太史叔。三哥冲我笑一笑，抓着早已写就的竹简，也走了。

时间过得真快，仿佛三哥前脚刚出门，侍者后脚就闯了进来，厉声叫嚣着："上大夫有令，传太史季！"

我来不及写好竹简。不过这不重要，那几个字，在哪儿我都能把它们誊写工整。

家人已经哽咽着说不出话。晏子也一样，一向讲究的晏子大夫，脸上凌乱得像是洪灾现场。他扯着我的衣袖，拼命摆手："季，留得青山在啊……"

可是，青史如果不在了，留着一座光秃秃的山有什么用？

我像三个哥哥一样，义无反顾地出了门。

崔杼的府上戒备森严。崔杼拎着一把剑，像一头杀红眼的野兽，站在院子里。他的脚下，是三具血淋淋的尸体，每个人的手里，都紧握着一卷竹简，上面沾满血迹。

崔杼指了指身边的案几，上面一笔、一砚、一卷竹简。"你哥哥竟然不听我的号令，我已处决了他们，今后由你来接任太史之职。你就写庄公是病死的，不然，那就是你的下场。"他转身指着三个哥哥的尸体，恶狠狠地说。

我的心一滴一滴地淌血，牙几乎要咬碎。但我知道，还有重要的事要做。我走到案几前，冷静地摊开竹简，提笔写道："夏五月，崔杼弑其君。"

崔杼怒不可遏，剑横上我的颈项，凶狠地说："你三个哥哥都已经死了，难道你也不爱惜自己的生命吗？如果改变写法，还能有一条活路。"

我平静地回答："按照事实秉笔直书，是史家的天职。与其失职，还不如去死。"

崔杼圆睁着一双兽眼，半晌，弃了剑，叹息一声，道："退下吧。"

走出府门，迎面踉踉跄跄撞过来一人。是我的好友史官南史氏。听说我的三个哥哥皆被杀害，他也来了。

南史氏盯着我，问："记下啦？"

我点头："记下啦。"

他长啸一声，抖开了手中的竹简，上面一行遒劲的字——夏五月，崔杼弑其君。

竹简在风中哗哗作响，恍若一面旗帜。

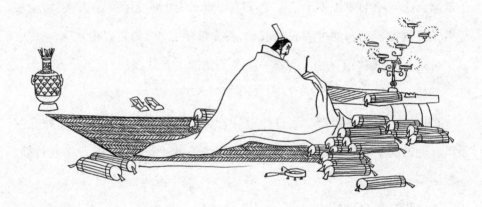

兄 弟

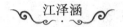

江泽涵

青山深处有一个篱笆院子，两间茅屋坐北朝南，中央两块菜地，栽着各种蔬菜，左边堆着柴草垛子，最里边角落里有一口石磨，驴子在拉着磨豆。

右边藤架下，两个中年男人在对饮。木子青夹了块猪头肉到嘴里，慢慢地嚼起来。

"兄弟。"杨炎小心地唤了一声，"你意下如何？"

木子青不知道是今天牙齿没劲，还是猪头肉太硬，一直嚼不烂，干脆吞了下去，说："兄弟，我，我武艺低微，恐怕帮不上你。"

"兄弟太谦虚了。登州第一高手之名虽不是你的，但你的双刀足以撂倒两个登州高手。"

木子青不说话。杨炎来访的时候，他正在林间练这一路两手刀。夕阳斜射进院子，刀身的光晃得他睁不开眼。他端起一碗酒，一饮而尽。

杨炎说："兄弟，你就帮我这一次。"他竖直了食指。

"兄弟，你别为难我。"木子青将第二碗酒一口吞下。

"兄弟，我的前程可就全攥在兄弟手上了。我知道兄弟不贪名，不图利，权当帮我，就只这一次，怎样？"

木子青冷冷凝视着杨炎，寒芒忽闪忽隐，说："庞太师许了你什么好处？"

"我如果能请到高手,保护程远安全抵达开封,庞太师就保我做新任登州知府。"

"程远那个狗官任登州知府,仗着个太师舅舅、贵妃表妹,无恶不作,这回竟敢私吞灾银,即便押他到开封一样人头落地。"

"有庞太师和庞贵妃在,程远怕没那么容易会死。也正因此,庞太师才担心在押解途中会被江湖中人劫杀。"

木子青想了想,说:"兄弟不要忘了,开封还有个包拯!"

杨炎说:"他到开封后的死活就与我无关了。但听庞太师的意思,如果他押解期间不能恳求皇上法外开恩,很有可能会在半道上救下程远。兄弟只需暗中保他不死,不会累及你名声的。"

"兄弟错了,我这儿一辈子都不会忘记。"木子青指了指自己的心窝子,"其实我一介山野莽夫,哪有什么声名可说,但我的双刀从未伸向过正义之士,更不会去袒护那等奸恶之徒。"他一顿,又说,"如果没有王法,我的刀会去砍了他的狗头。"

天际微风起,一阵紧接一阵,悄悄然地进入了山林。

"兄弟也知道,我为官二十几年,可以说是两袖清风,造福一方。但也因为过于刚正,一直得不到机会提拔。我虽有心要上升,可依然心系百姓啊,官越大,越能为百姓办好事啊。"

木子青喉咙发哽,准备再烫一壶酒。

"咱们相交有三十多年了吧,这一路来相互扶持,兄弟也曾多次救我和家人的性命,我们是生死之交,兄弟就不能再帮我这一次吗?"

"咱们少年时候,一同拜在风灵寺长老门下,读书,练武,门第虽悬殊,但却十分投缘,不是亲兄弟,胜似亲兄弟。"

木子青咽下一碗酒,闷哼一声。他回忆起往事,历历在目,拿着空碗的手隐隐打战:"我双亲病逝那年,可怜家境贫寒,全赖兄弟出钱出力,二老才得以厚葬。你入仕不久,我误中奸计,身陷囹圄,是你拼着乌纱和性命,为我四处奔走，才替我洗清一身冤屈。小儿投身从戎，报效国家，也多亏了你引路。还有，太多了，太多了。"

杨炎摆摆手，说："跟兄弟相交，我从未图过你报答，只是这一回很可能是我从政生涯的最后一个机会啊。"

"当年拜在师父门下的弟子中，不乏名门高官的子弟，兄弟为何独独与我相交密切？"

"因为兄弟务实、忠厚、守信义。"杨炎长叹了一声，"可能是我在官场待得久了吧。"

"那兄弟想必也记得我们下山时，师父再三告诫的莲出淤泥说了？"

"做人适时变通一下，又有何妨？"杨炎又叹一声，"我也不为难兄弟了。"说完，悻悻地走了。

山野的风吹得更狂了。杨炎垂胸的长须都打结了。

木子青咕咚咕咚又喝了一碗酒："兄弟请留步，你对我的深情厚谊，我应该报答！"一时间豪情万丈。

杨炎喜出望外，倏地返身，两道寒光在他脸庞上一闪而过，惊愕得狰狞了脸："啊，兄弟！"

藤架下，两条膀子应声落地，手中还紧握着大刀。

兄弟啊——山林风吹得草木沙沙作响。

一个月后，皇帝接到六十多位地方官的联名上奏，一致奏请处斩程远，其中也有杨炎。

连心诀

荒 · 城

胡铁匠四仰八叉地躺在床上，见铁牛带着陈秀才推门走了进来，便指了指自己的胸口。陈秀才轻轻揭开他胸口的布衫，一个黑色的掌印赫然入眼。陈秀才又让胡铁匠翻身，查看后背，只见那个掌印穿胸而过，在后背留下了一个红色的印痕。

不待陈秀才发问，胡铁匠抢先说道："陈先生，我是让你来画画的，咳咳，我是活不过今夜了……"

陈秀才点了点头，长长叹了一口气，转瞬又问道："这是黑砂掌，还是朱砂掌？"

胡铁匠说："不是黑砂掌，也不是朱砂掌。这两路掌法虽然阴毒，但最多只能打断筋骨，不像这路掌法，力能透胸，却不碎胸，掌劲使五脏六腑悉数移位。如果用药，反而可诱使伤情加剧，故此伤者少有生还。"

"那究竟是何种掌法？"

"先生真不知道这路掌法？这是湘西凤凰城钟菱的风雷掌。掌势动静如风，无影无形，中掌者体内若奔雷滚动，待风隐雷遁之时，也就是伤者大限之时。"

陈秀才脸上掠过一丝不安："寻仇？"

"爱恨情仇,谁说得明白!"

这时,风四娘提着陈秀才的家什盒子走进来,鞋上沾满泥水,而那只蝴蝶补丁却干干净净,一尘不染。风四娘站在屋子中央,也不走近,看看胡铁匠微闭双眼,微微蹙了蹙眉。

陈秀才叹息了一阵,转身接过风四娘手中的盒子,把文房四宝铺开,再吩咐风四娘研墨。

"陈先生,我并不是找你来为我画遗像,请先生来,是希望先生破例一次。我这些年在打铁之余潜心研创了一套刀法,名曰'连心诀',想请先生记录下来。"

胡铁匠惨然一笑,奋力起身,走到熄灭的火炉前,伸出手在炉灰中一探,提起一只刀柄,再一拉,拉出一口黑色的大刀来。

陈秀才上前一看,脱口赞道:"好一口玄铁陌刀!"

胡铁匠一边运气一边说道:"此刀乃昔日唐将李嗣业征大食所用,辗转到我胡家,至今已数百年,可惜如此神兵利器只能埋没于胡某之手。"

胡铁匠调息完毕,一伸手,已抄刀在手。陈秀才也叫一声好,手中画笔没入墨水之中。胡铁匠的刀稳稳向前推出,慢慢地一招一招使出,身体似摇摇晃晃,但都在欲倒未倒之际突换步法,将劲力化去:"陈先生,这第一式,叫心灰意懒。"

"第二式,心烦意乱。"只见胡铁匠的刀法越使越快,小屋之中,烛影摇曳,沉重的大刀被胡铁匠舞得呼呼风起,杀招源源不断地递出,陈秀才却是眼如闪电,笔走龙蛇,看得旁观二人目瞪口呆。

…………

"第三十六式,心如止水。"约一盏茶的工夫,胡铁匠已经把三十六式刀法演练了三遍,并背诵心法口诀,让陈秀才详尽地记录下来。

须臾,刀停笔落,二人相视哈哈大笑。

陈秀才说:"快哉!数十年来一直给人画遗像,忒无情趣,还是这笔下的

武功让人痛快。"说完,一笔一画地在封面写上"连心诀"三字。

大功告成,胡铁匠脸上的红光渐渐退去,呼吸变得沉重起来。风四娘连忙拉出一把椅子,扶他坐下。

夜风挟着雨滴从窗口吹进来,一阵寒意。胡铁匠有气无力地歪在椅子里面,摩挲着那套刀谱,看着陈秀才,突然说道:"陈先生,可借尊夫人说句话吗?"

陈秀才似早有预料,闻言看了风四娘一眼,轻笑一下:"胡将军,自从你搬到大风镇来不久我就知道你的底细了,只是不便贸然提起。今日既然事已至此,不如把该了的都了了吧。"

话音一顿,又对风四娘说:"生在乱世之中,大家都有不得已的苦衷,该放的,就放下吧。"

说完掩门而去。

胡铁匠的眼睛已经有一点儿迷离,他努力抬头看着伫立不动的风四娘,喃喃地说着:"我得知你嫁给了陈秀才,自知你我今生缘分已尽,不便相认,只好搬到大风镇来,与你家毗邻而居,已经十年了……"

风四娘深深地叹一口气,望着窗檐上的雨滴:"想当年你追随杨公,在洞庭湖起事,本已约定待事成之后再回来接我,没想到战事失利,从此便没有了你的音讯,我四处寻你不得,若非陈秀才收留,我早命丧黄泉了。也早知道你已寻到大风镇来了,只是陈秀才待我不薄……"

胡铁匠试图从椅子上站起身来,挣扎了一下,无能为力,只好放弃努力,跌回椅子里,重重地喘了几口气,继续说道:"洞庭湖战事失利,我重伤被擒,即将斩首之时,是钟菱将我救出,留我隐藏在凤凰城,我四处托人打听你的下落而不得,以为你已经……唉,后来老城主把钟菱许配给我,没想到两年后,我竟又探听到了你的下落……"

话音未落,一个黑衣女子从窗口飘然而至,头戴斗篷,身披大氅,腰间挂着两把弯刀,以黑巾遮面。因来得太快,带进一股劲风,屋内的三支蜡烛瞬时被吹灭两支。来人上前一步,看着椅子里的胡铁匠已经三魂幽幽,七魄荡荡,冷笑了一声,又转身向风四娘:"哼哼,你竟然也在这里,很好,省去我再费周折了。"

风四娘见她眼神中透出一股凌厉的杀机,知道这就是钟菱不假了,心知今日这关是过不去了,反倒放宽了心,朗声说道:"胡铁匠是得到了我的消息才离开凤凰城的,此事因我而起,你杀了我便是,不必记恨于他。"

"说得轻巧!"钟菱怒不可遏,逼上一步,"我们成亲刚两年,他得到消息,知道你还活着,便带着铁牛不声不响地离开,江湖上无人不知我堂堂凤凰城大小姐被丈夫抛弃,这口气叫我如何能忍?我找了他十年,为的就是一掌打死他,今天你们两个不是相见了吗?好,我就成全你们……"说着,忽地举起了右掌。

"住手!"胡铁匠见她要朝风四娘下毒手,也不知道哪来的力气,猛地站了起来,厉声喝道,"钟菱,你不要为难四娘。当年我带着铁牛不告而别,导致老城主吐血身亡,引来仇家落井下石,围攻凤凰城,使得钟家基业一旦尽废,此事不要记在四娘身上。昨夜你来偷袭,我就知道是你,故此没有还手,既然你还不肯甘休……"话音未落,胡铁匠身子往前一扑,顺势一滚,双手已经抓起了靠在床边的那口陌刀,忽地掉过头来,猛地一拉,大刀就如一支黑色的羽箭,倏地没入胸膛之中。

三天后,大风镇外的官道上,铁牛和钟菱相伴而行。

"娘,你要带我去哪里?"

"去你该去的地方。"

"爹的陌刀和《连心诀》呢?"

"交给陈秀才和风四娘了,想必,这也是你爹的意愿吧。"

"风四娘?你没杀了她吗?"

"没有。我羡慕她,也讨厌她,你记住,你讨厌一个人,就让她一直活下去。"

山贼赵鹤

于心亮

赵鹤是个教书先生。成天背搭着手,看上去挺严肃的样子。可学生们不怕他,睡觉的睡觉,说话的说话。赵鹤就叹息说:"我念书的时候,可不像你们这样……"学生们就笑起来。

教了几年书,赵鹤就有点儿厌倦了。他想转型去做个山贼。学生们笑得更捧腹,有的还笑岔了气儿。这更坚定了赵鹤的信心,他说:"人各有志,谁也别劝我,更不要阻拦我,等下次见面,咱们就人在江湖啦!"

其实当山贼,也不是随随便便想当就能当上,这可是高风险行业,一旦人挂了,家里人哭哭啼啼来山里闹,那可怎么整?所以说,要先考试。比如说,先去抢点儿东西——抢东西谁不会啊?半点儿技术含量都没有,这难不倒赵鹤。

赵鹤来到山下,坐在树荫里,泡了壶普洱茶,慢慢喝着等。

等啊等啊,等来一行人。赵鹤站起来,朝他们行个礼,说:"大家上午好,要不要喝茶?"

对方说不喝茶。

赵鹤就说:"那好,你们把东西放下,然后逃命去吧!"

有几个年轻人要发脾气,有个老年人拦住他们:"敢以真面目示人的,都是杀人不眨眼的狠角色，咱惹不起，听他的，东西放下，咱们赶紧走，小心周边有埋伏。"

赵鹤打胜了第一仗，只是"抢"来的十二桶大粪熏得人脑瓜仁疼。但不管怎么说，赵鹤毕竟算是通过了考试，暂且成为山寨里的编外人员，要想转正，等以后看表现。

赵鹤在山里种菜。赵鹤觉得十二桶大粪没白抢。

当然了，有集体活动，赵鹤还是要参与的。俗话说人多力量大。

这天，大家伙儿去钱百罐家里抢东西，有的牵驴，有的扛粮，还有的去烧人家的东西。赵鹤从火堆里抢出几幅画，说："你们彪啊，这么贵重的东西都要烧？"

后来那几幅画通过黑市倒出手，换回好多银子，大家这才对赵鹤刮目相看。

——有知识，是多么厉害啊！

是人才，就要重视。赵鹤不种菜了，转正，享受山贼队长待遇。

赵鹤当然要发挥热量了，比如教大家识字儿，别上个厕所，连"男""女"都分不清，说出去，多丢人！赵鹤说："因为男人有力气种田，那才叫'男'，大家懂了吧？"

大家听了感觉很有趣，说懂啦懂啦，你再说说"女"字是咋回事呢？

听讲的时候，没人睡觉，没人说话。

赵鹤就叹息说："要是那些孩子跟你们一样，那该有多好啊！"

大家就骂起来："这些小王八犊子，不好好学习，就他娘的欠揍！"

当然，当山贼，也不能光学文化课。练武艺，比力气，那才是第一要务。

此时的赵鹤，就让人笑话啦。

拿棍抡不起，拿刀砍不动，惹得大家伙儿都起哄，说："赵鹤啊，你还不如回家教你的书呢！"

赵鹤生了气，拿起一个竹板，一下子打在那人的脸上。

赵鹤发现称手的兵器,居然是戒尺。这可太好了!

再以后下山抢东西,遇到不配合的,赵鹤上去就一戒尺:"娘了个腿的,还嘴硬?"

戒尺这东西,打不死人,可挨起来疼。啪啪几下子,再嘴硬的人,也不嘴硬了。

赵鹤挠着脑袋想以前怎么没发现戒尺的妙处呢? 挠了半天,想明白了——当初不是不敢打学生,关键是害怕学生家长来讨说法啊。现在当了山贼,还怕他娘的作甚? 当山贼不到一年,赵鹤就做到三当家啦。下山打劫,哪些东西值钱,哪里藏着好玩意儿,赵鹤都能看出来或者盘问出来,又省力又不耽误工夫。你说说,赵鹤不受重视,行吗? 大家算是明白啦,不管啥时候,文化,就是财富啊!

所以,大家闲着都爱到赵鹤跟前凑凑,求知的学习氛围很浓厚。

甚至还有人说:"赵鹤啊,如果你回去当先生教书,那该多好啊,我们都把孩子送给你,要是上课睡觉或者说话,你就使劲揍,千万别客气!"

赵鹤觉得说得有点儿道理。

这个时候,大当家来找赵鹤。大当家叫李猛,长着威猛的络腮胡子。李猛说:"大家说得有道理啊,我们打打杀杀为了啥,不就为下一代着想吗? 我看哪,你还是回去吧!"

赵鹤下山后,有人问李猛:"就让赵鹤这么走了?"

李猛说:"不敢留啊,要让他再待下去,非把咱这伙人给搅散了不可。"大家点头称是,但暗地里却认为:那是大当家担心,要是赵鹤再待下去,保不准哪天会取代他的位子啊!

但不管怎么说,赵鹤回去教书,学生都认真学习了。

不是怕戒尺,是怕赵鹤。怎么看,怎么像山贼。

戏痴李老三

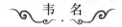

韦　名

　　城不大,如一口大铁锅平放在地上,锅沿四周是高高的山,锅底略略平缓的地方便是城。城人戏称为锅城。

　　锅城人好戏,由来已久。城志载:"梨园婆娑,无日无之……举国喧阗,昼夜无间。"

　　早年,凡城里庙会、祭祀或富人家红白喜事,无不搭台唱戏,热热闹闹。当年的锅城,戏是无日不演,看戏呢,则是通宵达旦。

　　可自锅城人热衷于办企业挣大钱,过上快节奏的生活,慢节奏的戏也几乎无人问津。

　　城南李老三却热衷依旧,不仅爱听,更爱唱。

　　李老三,原名李阿山,独喜潮剧《柴房会》,因钦敬戏里正直、善良、诙谐的李老三而改名。

　　《柴房会》是一出经典潮剧,讲的是和锅城一样的小城,一小商人李老三夜宿客栈柴房,半夜遇鬼魂莫二娘,正直善良的李老三怜莫二娘的悲惨遭遇,毅然助其复仇的故事。

　　"为生计,走四方,肩膀作米瓮,两足走忙忙……"

　　这是《柴房会》主角李老三的开场白,李老三念得声情并茂、抑扬顿挫。

年轻时,李老三唱《柴房会》,身兼二角。一会儿是声音洪亮朴实、字正腔圆的男声念白:

"红眼床白蚊帐,有被又有褥,今晚真享福。"

一会儿又是悲戚戚、哭啼啼的女声唱:

"可怜奴有冤仇未雪,死为冤鬼目不瞑。求大哥助一臂,替我申冤感恩义。"

爱戏的李老三早年听遍了四邻八乡演出的《柴房会》,每每听完看完,回家又学又评,十足一个戏痴。

戏痴李老三足足等了三十年,找了一个同样是戏痴的女人。女人喜听喜看却不会唱。闲暇时,李老三一字一句教女人学念学唱。

低矮的泥砖房里,常常传出《柴房会》精彩片段。

女声:"奴本是太平县莫家庄人氏,莫二娘是妾的名字。幼年不幸双亲丧,丢下奴孤苦无依。投身富家为奴日,为奴为日受尽鞭打度日如年。"

男声:"在富家为奴不如牛和马,我也曾尝过这辛酸苦涩味。"

清汤寡水的日子里,女人和李老三夫唱妇随,常引来邻居驻足听戏。夫妻俩纵使生活艰辛,生活却因戏而精彩。

即便到后来,锅城人不再爱戏,李老三和女人却依然如故,在低矮的泥砖房里一唱一和。

日子就在这一唱一和中悄悄流逝。

一日,农闲在家的李老三夫妇又拉开架势。

女声:"不怕,奴自藏于大哥伞下,便能去得。"

男声:"天地不公,世道崎岖,恶人自在,屈死无事,我老三越思越想,就是身无盘缠,一路上我求爹爹拜奶奶,忍饥受饿当花子,哪怕是剥破脸皮风霜苦,定教冤魂吐气把贼诛。"

女声:"大哥仗义恩德难忘,等候来生大马报还。"

夫妻二人边走边唱。

走着,唱着,女人忽然软绵绵地靠在了李老三的肩膀上。

女人走了。

李老三右手持着一把红伞,一直为女人撑着。

送走了女人,李老三收藏了红伞和黑戏包。伞是女人生前买的道具,戏包是李老三和女人手牵手逛街时一起看中买的。李老三相信,女人自藏于伞下。李老三自此便只听戏不唱戏。

在锅城,李老三靠着录音机,一个人孤零零地听了几年戏后,经不住儿子劝说,进城了——那是一个锅城根本无法比拟的真正的城。

在城里,李老三先是录音机听《柴房会》。之后录音带换成了光盘,李老三不仅有声听,还有得看。

莫二娘(入室,见室中有异,又闻蚊帐内鼻鼾之声,揭帐探视):"啊!是何方狂汉,酣睡在帐中?"(莫用手一拂,老三翻身下床)。

李老三:"哎呀!怎么静静跌落眠床下?"

看着电视里李老三初遇鬼魂莫二娘,戏中的李老三在二丈高的竹梯上上蹿下跳,欲逃无路,惊恐万状……李老三目不斜视,看完,想唱又不张口,一动不动,呆呆地坐上半天,恍若隔世。

一日,李老三在报上看到城里大戏院请了一著名潮剧团,连演三天,戏目有《陈三五娘》《苏六娘》《柴房会》……

看到《柴房会》三个字时,李老三的眼直了。

《柴房会》开演那晚,李老三收拾齐整,带着收藏多年的红伞和黑戏包,一人持两票早早到大戏院。

"还有一位呢?"李老三进场时,服务员问。

李老三看了看年轻的服务员,笑笑没吭声,径直入场往戏院中间走。

偌大的戏院,李老三第一个进场,显得空空旷旷的。

走到八排正中1、2号位置——那是看戏的最佳位置,李老三在1号位坐下,把红伞和黑戏包小心翼翼地放在2号位置。

江湖·野猪横行的日子

红伞和黑包在空无一人的大戏院里格外显眼。

戏开演了。

为生计,走四方……戏里,李老三朗朗上口的开场白震慑了满满一戏院的"潮粉"。

李老三在座位上身体微微前倾,聚精会神,竖耳聆听,右手却不忘抚着2号座位的红伞黑包。

莫二娘:"尊一声,我的我的……大恩人!"

李老三:"叫一句,我的我的……冤鬼魂。"

台上,李老三和莫二娘边走边唱。

台下,李老三听着看着身子忽然一软,斜靠在了2号位上。

戏痴李老三走了。李老三是伴着他带来的红伞和黑包里自己画的一张工笔老妇人像安详着走的。

戏还在唱。